メディアワークス文庫

識神さまには視えている 1

河童の三郎怪死事件

仁科裕貴

目　次

プロローグ

そう。有り体に言えば辟易《へきえき》していた。

事件が起きたのはとある真夏の昼下がり――厳密に言えば明治三十九年八月――のことであった。けれどもその頃、犬上朔也《いぬかみさくや》は心身ともに疲れ果てていた。連日連夜、ひっきりなしに押し付けられる数多《あまた》の雑事に忙殺されていたためである。

哀れな話だ。まだ二十歳を過ぎたばかりだというのに、悟りきった高僧のような目で世の中を俯瞰《ふかん》してしまうくらいには、彼の感性はすり切れていた。

だからであろう。顔見知りの警官から「風変りな死体が上がった」と聞かされても、誰にも気付かれないほどの小声で「またか」と呟《つぶや》くだけだった。

そのまま足早に屯所を後にすると、公用車に飛び乗って街道を南下していく。

「まったく、こっちが若手だからと、気軽に呼びつけすぎじゃないか？」

帝都《ていと》から離れるにつれて、心の歯止めがきかなくなってきたらしい。口から独りでに不満が溢《あふ》れ出《だ》していき、フロントガラスをわずかに曇らせた。

「今月に入ってからもう何件目だと思っているんだ。七件目、いや八件目か？　ああくそ、むしろ僕の方が訊《たず》ねてみたいくらいだよ。なら『風変りでない死体』とは何なのか。自然死だったらいいのか？　他殺の疑いがなければ正常なのか？」

つい先日まで軍属陰陽師《おんみようじ》であった彼にとっては、普通の死体を目にする機会の方が稀《まれ》だった。しかしその事実を警官に伝えても意味はない。彼らには、「ほんの少しでも不審な点があれば陰陽師を呼ぶように」と通達が出ているはずだから。

つまり結局のところ、やるしかないのである。だらだらと文句を言う暇があるのであれば、現場に行って手早く処理してしまった方が朔也にとっても得だし、楽だ。

いっそのこと開き直ってしまおう。どうせ、今回の臨場だっていつもと同じに違いない。冗長にして退屈な定型業務をこなすだけじゃないかと高をくくり、大した警戒心もなく郊外へと赴いたのだが……しかしてそれは、大きな過《あやま》ちであった。

河川敷《かせんじき》に引き上げられた異形なる遺体を目にしたときに初めて、彼は事態の深刻さを痛感した。心臓を鷲掴《わしづか》みにされたかのような心地を味わったに違いない。

「──河童《かっぱ》ってやつだな、こりゃあ」

声をかけてきたのは年配の警官だ。屯所内で何度か顔を合わせたことのある相手で、桜田《さくらだ》警部《けいぶ》と呼ばれていた覚えがある。

黒を基調とした制服に身を包んではいるが、胸のボタンを二つ外してやや着崩しているあたり、他の警官たちとは一味違う、古強者の雰囲気を感じさせる男だ。

「ひび割れた頭頂部の皿にワカメみてぇな髪。背中に背負った甲羅と、全身青緑色のつるりとした皮膚……。よく見りゃ全体的に、細かい鱗《うろこ》で覆われてるみてぇだな」

彼は掌《てのひら》で団扇《うちわ》を作り、自らの横顔を扇《あお》ぎながら言葉を続ける。

「そんで背丈は幼児と同じくらいで、両手両足の指の間にゃあでかい水掻《みずか》きもある。近くで見ても遠目に見ても一目瞭然ってやつよ。こいつは河童に違いねぇ」

「……確かに。仰《おっしゃ》る通りのようです」

「おれも警官になって長いが初めて見たぜ、河童の死体なんてよう。しかも水死体ときた。〝河童の川流れ〟なんて諺《ことわざ》があるが、まさか実際に目の当たりにするとはな」

「水死体ですか」と朔也は訊ねる。「ではそこの川を流れてきたと？」

少し視線を上げ、何の気なしに川へと向けた途端——盛夏の強烈な陽射《ひざ》しが水面で跳ね、寝不足の眼《まなこ》に鋭く突き刺さってきた。

くらりとする朔也の肩を支えるように、桜田が太い腕を回してくる。

「ああ、川漁師の網にかかったそうだ。そんで引き上げてみりゃあ河童だったもんだから、発見者は腰抜かして、しばらくその辺に這《は》いつくばってたらしい」

「そうですか。それは災難でしたね……」

「おいおい、随分と淡泊な反応じゃねぇか。陰陽師様にとっちゃあ河童の死体なんて珍しいもんじゃねぇってことか。それともまだ現実を直視できてねぇのか？」

「まあ、どちらかと言えば後者ですが」

「それでもしっかりしてもらわんと困る。わかってるよな？」

馴《な》れ馴《な》れしい態度と軽薄な口調とは裏腹に、厳しく研ぎ澄まされた目つきがはっきりと告げていた。『この事件は明らかに、おれたち警官の領分じゃないんだよ』と。

「被害者が河童である以上、現場指揮官はおまえさんになる。もちろん手伝いくらいはしてやるが――」

この国では昔から、河童や天狗《てんぐ》のような妖怪変化の類を〝怪異《かいい》〟と総称する習わしがある。ゆえにそれらが関わる事件は一般的に〝怪事件《かいじけん》〟と呼ばれ、これを解決するのは官憲の役割ではなく、退魔を生業とする陰陽師の責務だと定められていた。

正直に言えば、若輩者の身には少々荷が重いと感じる。だがしかし、溜息《ためいき》の一つも吐きたいところだったろうに、朔也は全てを呑《の》み込んで顔を上げた。

「わかりました。こちらで預かります」

決然とした表情になった彼は、朗々たる声を辺りに響かせる。

「被害者が怪異であろうとも、我々がやるべきことは何も変わりません。遺体発見者から発見時の状況を聴取し、野次馬の中から目撃者を探してください。自分は遺体の見分をしますので」

「おう、了解だ。聞こえてたなおまえら！　仕事だ仕事！」

桜田が周囲に向けてそう言い放つと、若手警官たちが方々に散っていった。

かくして事態は動き出した。となればうかうかしてはいられない。朔也は既に衆人環視の中にある。河川敷から少し離れた土手の上から、たくさんの観衆が捜査の行方を見守っているからだ。

「まずは死因の推定からか」

周囲に気取られぬようにこっそりと深呼吸をすると、砂利の上に膝をついた体勢となり、仰向けに寝かされた死体をつぶさに観察していく。

陸に上げられてから時間が経《た》っているにも拘《かか》わらず、肌の表面は濡《ぬ》れたようにしっとりとしているようだ。

裏返して背中を検《あらた》めるも、外傷のようなものは一つも発見できない。皮膚の強度が人間よりも高いのか、全体的につるりと滑らかで、光沢も失われてはいなかった。

だとすると本当に溺死《できし》——つまり窒息死なのだろうか。普段から川底で暮らしていると謂《い》われ、人よりも数段泳ぎ上手だと噂《うわさ》される河童が？

「そういえば文献には、河童はみんな酒好きだとも……」

飲酒後に泳ぐと溺れやすくなるらしい。詳しい理屈はわからないが、心臓麻痺《まひ》を起こす確率がぐんと上がるのだとか。

「しかしそんな単純な理由ならば、これまでにだって発見されているはず」

なのに河童の水死体が見つかっただなんて話、ついぞ耳にしたことがない。

今回はたまたま網にかかったから早期発見されただけで、川底にはたくさん沈んでいる可能性もあるが……。だとしても、どうにもしっくりこない。何かが不自然だという気がする。

この違和感の正体は何だろうと首を傾《かし》げていると、桜田が再びこちらに歩み寄ってくるのが見えた。発見者と思《おぼ》しき初老の男性を伴っているようだ。

「へえ、そうです。間違いありやせん。網にかかったのはちょうどあの辺で――」

わざわざ近くまで来て聴取を始めたのは、その内容を朔也にも共有するためだろう。

ベテランの気遣いをありがたく思いつつ、耳を澄ませてみることにした。

どうやら発見者の川漁師は、小舟で川に乗り出しては網を投げ、鮎《あゆ》やウナギをとって生計を立てている人物のようだ。

話を聞きながら改めて川を見渡してみる。相応に幅が広く、深そうな川ではあるが、流れはとても緩やかだ。このところ激しい雨が降った記憶もないので、河童が死亡した当時も同じ状況だったはずである。

果たして練達の泳者が、この川で溺れるだろうか。やはり事故死と考えるには無理がある。でも外傷がない以上、窒息死の可能性が一番高いと思えるのも事実。

これ以上の情報を得るには遺体を解剖してみるしかないが……。どうしたものかと悩んでいると、一通りの聴取を終えた桜田がこちらに顔を寄せてきて、掌で口元を隠しながら話しかけてきた。

「大きな声じゃ言えんが、殺しだぞ、こいつは」

「殺し、ですか」周囲に漏れ聞こえぬよう、朔也も囁《ささや》き声《ごえ》で返す。「何故《なぜ》そう思われたのです。長年の経験ってやつでしょうか」

「まあな。河童の水死体ってとこからして既に怪しい。……が、もちろん根拠はそれだけじゃねぇ。川で溺れた死体ってのはな、基本的には沈む傾向にある。本来は浮袋になるはずの肺に水が入り込んじまうから、まず沈むんだ。そんで大抵は水底を転がりながら川を下ってくる。だから遺体は傷だらけになることが多い。まあ河童の生態には詳しくねぇから断定できねぇがよ」

「自分たち陰陽師だって詳しくはありませんよ。河童は目撃例こそ多いものの、死体が見つかっただなんて話は聞いたことがありません。少なくとも自分は」

数年に一度、河童のミイラが好事家の間で売り買いされたという情報が入ってくるくらいだ。でもそれだって、調べてみれば偽物ばかりなのである。

「なるほど、そうかもしれん。おれだって初めて見たんだからな……。話を戻すが、川で溺れた死体がここまで綺麗《きれい》な状態で発見されることは少ない。骨が露出するほど損傷していることも多いんだぜ？」

「その点が逆に不自然だと？」

「ああ。外傷がねえってことは、川底を転がってねえってことだ。となると肺の中に空気が残ってたんじゃねぇか？　人間の場合はな、意識を失うと気道が閉塞することがある。その状態で川に投げ込まれたんなら肺に水が入らず、辻褄《つじつま》は合う。一応言っとくが、水死体はまず沈み、やがて浮かんでくるもんなんだ。それは体内で腐乱ガスが発生するためだが、水温の高い夏場でも最低数日はかかる。だが、こいつは違う。皮膚の状態を見ても新鮮なままだ。なのに底まで沈んでねえってことは」

「陸上で殺され、川に投げ込まれた可能性が高い」

それが真実なのだとすると、とんでもないことになる。朔也はちらりと後ろを振り向くと、事情聴取に応じる見物人たちの顔色を確かめてみた。

特に挙動不審な者はおらず、どの表情にも張り詰めたものは見受けられない。

都市部から離れた寒村に住む者が大半なので、娯楽に乏しいのだろう。平穏で退屈な日常に起きたささやかな催事を楽しむかのように、大人も子供も興味津々の様子だ。

「あの中に犯人がいると思われますか？」

　やや唐突気味に放たれた朔也の質問に、桜田は真顔になって「いてもおかしくはねえ」と答えた。

「それにな、明らかにおかしな点が一つあるんだよ。河童ってのはな、人前に姿を現すことこそ少ないが、どこの川にもいる治水の神だと信じられている。川で漁を営む者にも、川から水を引いて作物を育てるやつらにとっても、水神様として崇《あが》め奉られる存在だ」

　水辺には河童が棲《す》みついているという説は、市井にも広く知れ渡っている。恵みの雨を呼び、川の氾濫を抑えると謂われる河童は、水神として信奉を集めていた。

　性格は極めて温厚であり、酒好きや相撲好きでも知られているため、住民の一員のような感覚で交流を持っていた集落も過去には実在していたそうだ。

「駐在所員からの情報では、直近の村にも水神を崇める風習があるらしいぞ」

「だったらおかしいですね。彼らの顔は、どう見たって……」

　観衆の表情はどれも明るいものだ。喜色を露《あら》わにしている者すらいる。

　でも果たして、その反応が正常と言えるだろうか？　自分たちが信仰している神様が無残な死体で発見されたというのに、どの顔にも悲しんだり、憐《あわ》れんだりする様子が見られないのは何故か。

「――な？　この事件、見た目よりずっと根は深そうだろ？」

桜田がそう口にして、朔也の肩をぽんと叩《たた》いてから踵《きびす》を返《かえ》した。

「いやぁ残念無念。仏さんが水神様とあっちゃ、おれら警官風情が首を突っ込むわけにもいかねぇからなぁ。後は任せたぜ、陰陽師さんよ」

「はぁ……。わかっていますよ」

特大の嫌みを残して去っていく彼の背に、思わず恨みがましい目を向けてしまった朔也だが、そんなことをしても何の解決にもならないと思い直したようだ。

陰陽師という役職が、高級官僚として権勢を振るっていたのは遥《はる》か昔の話である。

現代に生きる陰陽師たちは、怪異と戦う力を持ち合わせていない。大半の者はその技術を磨くことすら忘れてしまった。だからこうして怪異絡みの不可思議な事件――怪事件の謎を解くことを、己の職分とするしかないのだ。

「一度、報告を上げる必要があるだろうな、陰陽寮《おんみょうりょう》に――」

まったく難儀な時代に生まれたものである。いかにこの事態を説明したものかと考えただけで、まるで鉛を飲んだように心が重くなってくる。

目の前の現実をこれ以上見たくないという思いからか、朔也は視線を遥《はる》か遠《とお》く……

土手に連なる黒山の人だかりを越え、山々の稜線《りょうせん》の先に仄《ほの》見えるドーム状の天蓋へと向けていった。

彼が戻るべき場所、陰陽寮はあそこにある。

完全結界《けっかい》都市、帝都――

淀《よど》んだ靄《もや》の中に全てを覆い隠したかの都は、まるで蜃気楼《しんきろう》のように輪郭すら不確かに見えるだけでなく、酷《ひど》く閉鎖的で排他的で、欺瞞《ぎまん》に満ちたもののようにこの目には映った。

第一話　水底からの喚《よ》び声

車窓越しに眺める帝都の街並みは、油煙のごとき濃密な闇に支配されていた。

大通りに漂う空気も淀んでいるように感じられる。だというのに、道行く人々の顔に当惑の陰は一切見受けられない。どうやらみな、これが当たり前の光景だと思い込んでいるらしい。

「……相も変わらず、都の空は重いな」

駐車場に車を停《と》めて車外に出るなり、朔也は睨《にら》みつけるような目を頭上へと向けた。

全ては上空に張り巡らされた、あの都市型大規模結界のせいである。

何十層にも積み重ねられたそれは、歴史に名を残すほど優秀な陰陽師たちが作り上げた、不可視の霊的防衛術式だ。

邪悪な妖怪変化のみならず、鬼神や祟《たた》り神の侵入すらも阻み、どこかに綻びが生じたならば直ちに警鐘を鳴らして知らせる性能もあるという。

それだけではない。人が発する集団的な悪意に反応する防犯結界。火事の際に発生する猛煙に反応する防火結界。地震の予兆を感知して警報を鳴らす結界など、ありとあらゆる災厄から人々を守るため、目に見えぬ防壁が十重二十重に都を取り囲んでいるのだ。

結界の一つ一つはほぼ無色透明とはいえ、それでもごくわずかに太陽の光を遮ってしまうらしい。だからもちろん、数が重なればそれだけ影響は顕著となる。

陰陽師が張った結界の内側に、別の陰陽師がさらに結界を張る。その行為が何百年もの間繰り返されてきた結果、『夜明けのこない都市』、『水底《みなそこ》の都』などと揶揄《やゆ》されるおぞましい現状を生み出してしまった。実に嘆かわしい。

自然界への弊害も著しい。光合成が満足に行えないため、当然ながら草木の育ちは悪く、穀物や野菜も特定のものしか育たなくなった。そのため農地は郊外にしか存在せず、単独での自給自足なんて夢のまた夢。都市としての構造に明らかな欠陥を抱えているにも拘わらず、厚顔無恥にも首都を名乗って憚《はばか》らない。

悪名高き結界都市、帝都。人の業を体現したかのようなこの街に帰還した朔也は、革靴の底を鳴らしながら陰陽寮の廊下を突き進むと、三階の突き当りにある執務室の扉を三度ノックした。

「——入りたまえ」

返事が聞こえるなりドアノブを捻《ひね》り、室内に踏み込むとすぐさま敬礼する。

「犬上准尉《じゅんい》であります。重要事件に関する報告のため、ただいま帰所いたしました」

「ああそうか、遠路ご苦労だったね。悪いが少し待ってくれ」

威厳と落ち着きを兼ね備えた声が、執務机の向こう側から返ってきた。

その男が着用しているのは、黒を基調にした陰陽師の礼服である。平安時代の狩衣《かりぎぬ》を思わせる古風な意匠に、金糸で華やかさを加えたものだ。

彼の容姿を端的に表現するならば、濡《ぬ》れ羽《ば》色《いろ》の長髪を首の後ろで縛り、背中に流した壮年の男、となるだろうか。だが地位の高さから考えると五十代以上なのは確実だ。

「……よし、これで終わり、かな」

机上の書類に素早く目を通し、慎重に判を落として一つ息をつくと、ようやく手元から視線を上げてこちらに微笑を向けてきた。

彼の名は御門晴臣《みかどはるおみ》という。この陰陽寮の長たる陰陽頭《おんみようのかみ》の位にある男だ。

肌は色白で顎の輪郭も鋭角。一般的には美男子と形容できる容貌なのだが、どこか狐《きつね》を連想させるような、吊《つ》り上《あ》がった目尻が少々気になる。怜悧《れいり》な印象を抱かせるというよりは、何か得体の知れないものを感じさせるようだ。

「おっと、立たせたままで済まなかったな。そこの椅子にかけてくれ」

「はっ。それでは早速報告を」

きびきびとした動作で着席すると、朔也はすぐさま本題を切り出した。

重大事件に関する報告とはもちろん、河童の水死体が発見された件についてである。

郊外の村落に流れついた青緑色の肌の死体……その正体は紛れもなく河童であり、

今のところ死因は溺死だと思料《しりょう》されるが、詳細は解剖所見を待つ必要がある。

遺体は川を伝って下りてきたようだが、村の上流にはいくつか民家が点在しているだけであって、人里と呼べるほどの規模ではなかった。

「──遺体が発見された村の名は〝渕崎《ふちざき》村〟。駐在所員によりますと、つい数年前にはもっと上流に村があり、村民総出で畜産業を営んでいたそうなのですが……」

「ああ、あそこか」晴臣が途中で口を挟んだ。「流行《はや》り病で家畜が全滅し、下流の方に村を移転させたのだったな」

「はい。現場に来ていた村長もそう仰っていました。国からの援助のおかげで何とか持ち直した、と」

「となると川の上流は元の渕崎村ということか。では民家というのも？」

「村の移転に反対した村民が、わずかながら残っているようで」

「ふうむ。もしも事故ではなく殺害だとすれば、もっとも容疑が濃くなるのはその者たちになるが」

「ええ。ただ、現場で事情聴取をした際、そこに居合わせた村人たちの反応がどうにも気になりまして……。河童は治水を司《つかさど》る神として崇められていたらしく──」

元の渕崎村があった地域にも、水神を祀《まつ》った神社があるそうだ。にも拘わらず。

「村の守り神が死んだというのに、まるで悲観する様子がなかったと。ううむ」

軽く握った拳を口元に添え、晴臣は何かを思案し始める。

「正確な死因を突き止めるのが先決であろうな。解剖する必要がある。河童の遺体はどこに？　持って帰ってきたのだろう？」

「輸送は警官に任せました。今は警保寮《けいほりょう》の霊安所かと」

「仕事が早くて何よりだ。ならば解剖に立ち会ってもいいだろうか」

などと訊ねてくる彼の声は、やや弾んだものに変化していた。

さすがは国家最先端の学術機関である陰陽寮の長と言うべきか。誰より強い知的探求心を胸に宿しているらしいが、朔也としては看過できない。

「ご自重ください」と苦言を呈した。「河童という怪異は、仲間意識が非常に強いと聞き及んでおります。遺体を取り戻しにくるかもしれません」

「その点は心配には及ばんよ。結界で守られたこの帝都には入れまい」

「ですが反発しそうな者たちは他にもいます。例えば消防組など」

「それがあったか」と口にして晴臣が目を伏せる。「最近になって警保寮に組み込まれた町火消《まちひけし》たちだな。彼らの祖先は水神と交わったと聞く。解剖に難色を示す可能性は高いだろう。なるほどな……」

強固な結界に覆われた帝都には、生半な怪異は侵入できない。だが俗に〝異能者《いのうしゃ》〟と呼ばれる、怪異の血と力を受け継いだ者たちならば話が別だ。

隣の庁舎に勤めている消防組の一部には、水神を祖先に持つ者がいるそうだ。彼らはみな人並外れた膂力《りょりょく》を有し、わずかながら水流を操る能力を持つという。

「解剖に立ち会うのは難しいと思われます。場合によっては、警保寮との間に余計な軋轢《あつれき》を生む懸念もありますし」

「いやはや難儀なものだ。今回は諦めるしかないか」

「ご英断かと」

かつての陰陽師は退魔を生業としていたが、現在では事情が異なる。長きにわたる怪異との戦いを経て、人知を超えたその力に対抗するためか、人の中にも怪異の血を取り入れた者が現れ始めたからだ。

ただし本質的には彼らは人間だ。人と同じ法で裁く必要がある。

とはいえ、尋常ならざる力を持つ彼らが罪を犯した場合、普通の人間では拘束することすら困難だ。そのため国家における陰陽師の役割も変化せざるを得なくなった。

対怪異、対異能者に特化した治安維持組織――それが今の陰陽寮という組織の在り方なのである。少なくとも、建前はそうだ。

「……いいや、待て。河童の生態に詳しい医師などいるはずがない。執刀医の選定には時間がかかるのではないか？」

晴臣はまだ諦めきれないようだ。

「どうしても見つからなければ私自身が執刀することも」

「やめておかれた方がよろしいでしょう。全てを密室の中で済ませてしまうと、陰陽寮の評判を落としかねません。また〝伏魔殿《ふくまでん》〟などと呼ばれてしまいますよ？」

「それは困るな……。我々は現状、非常に微妙な立場にあるからね」

彼は表情を曇らせつつそう呟き、やがて机上に重い吐息を落とした。

陰陽寮は元来、占術や天文学、暦学などを研究する学術機関であり、その功績から重臣の席を与えられ、古の時代から国家の中枢を担ってきた部署だ。

特に暦《こよみ》の作成は最も重要な職務だと考えられており、帝《みかど》に直接奏上することさえ許されていた。だが明治の始まりに起きた大変革により、陰陽師の作った太陰暦は今後用いられなくなることが決定し、海外よりもたらされた太陽暦にとって代わられる運びとなった。

しかも結界下に都があるため、陰陽師の切り札である〝識神《しきがみ》〟の召喚も基本的には不可能である。これは言わば、両の翼を捥《も》がれたにも等しい状態だ。

「君も知っての通り、我々は変わることを求められている。怪異を退ける力は軍部へと託され、国内の治安保持にのみ注力するよう指示がきている。随分前からね」

帝国議会にて陰陽寮廃止論が唱えられ始めたのは、やはり明治初頭のことになる。

つまりそれから三十余年にも亘《わた》って、陰陽師は崖っぷちに立たされ続けているというわけだ。

「なのに我々は、現場をまるで知らない。今でも陰陽師の大半は、部屋に籠って研究をすることしかできない者ばかりだ。私を含めてな」

「理解しております。そのために、自分に出向の辞令が出たのだと」

陰陽寮は時代の流れに取り残されている。それは厳然たる事実だ。

でもだからこそ、毎年軍部から出向してくる者が重宝されているという実情がある。

本来朔也に期待されている役目は、陰陽寮に変革を促すことなのだろうが……現状ではこの通りだ。軍部からの出向者に現場仕事の全てを任せ、陰陽師たちは変わらず寮に引き籠り続けている。

「常々、上申しているのだがね。出向させるのなら君のような若手ではなく、地位のある人間を送ってこいと。……いや別に、君を軽んじているわけではないが」

そうでもしなければ、気位の高い陰陽師たちが指示に従うことはないからだ。

「ですが軍部の方にも別の問題がありまして……。高級将校は名家の出身者が多く、一足飛びに階級が上がってしまった方ばかりなのです。なので現場を経験された方はそれほど多くはないかと」

「そんな者たちが送られて来たとしても、結局同じことか。若者に現場仕事を押しつけて、権力の座に胡坐をかく姿が目に浮かぶよ」

未来への憂慮からか、「末期だな」と呟きつつ、首を左右に振る晴臣。

その心中は察するに余りあるが、しかしながら朔也にとってこの状況は、実は然程《さほど》悪いものとは言えない。軍部からの出向者に仕事が集中するということは、それだけ実績を上げる機会も増えるということだからだ。

確かに恐ろしく多忙ではある。だがこの難局を乗り切りさえすれば、軍部に戻った暁には昇任が待っているに違いない。そう思えば大概のことは耐えられる。

後ろ盾のない朔也がのし上がるには、決して避けては通れぬ道。それを理解しているからこそ、表面上では晴臣に同意を示しつつも現状を憂いてはいないのだ。

「……少々脱線してしまったな、話を戻そう」

彼は咳払《せきばら》いを一つ挟むと、速やかに話題を本筋に戻した。

「河童の水死体の件についてだが、軍属陰陽師としての君の見解が訊《き》きたい。今回の事件、臭うかね？」

「殺害の可能性が高いかどうか、という話でしょうか」

「そこまで明確な答えを求めてはいないが、感触を訊きたいと思ってね。私に送られてくる書類の数を見れば、君が激務をこなしていることはわかる。昨日も警官たちの屯所に泊まったのだろう？」

「すみません。まだこちらの書類の様式に慣れておらず……」

「責めているわけじゃないよ。私の経験上、年中仕事に追い回されている人間には、特別な感性が育つものなんだ。今、手をつけようとしているその仕事が、どの程度の面倒事なのかが不思議とわかるようになる。心当たりはないか？」

「ああ、なるほど。その感覚で言えば、今回の事件は――」

　少しだけ悩んでから、「鼻が曲がりそうなほどに臭ってます」と返答したところ、彼は口角を引き上げて意味深な笑みをみせた。

「……もしかして自分、からかわれました？」

「ははは、そうではないよ。思えば君とゆっくり話すのも初めてだと思ってね。なかなか面白い人物じゃないかと評価を上げていたところだ」

「それはどうも、ありがとうございます」

「礼には及ばないさ。君も私も忙しかったからね。だから今さらながらに思ったのかもしれない。なんと歪《いびつ》な関係性なのかと、ね」

晴臣はくすりとしながら席を立つ。そして、朔也が返答に迷っているうちに体を横に向けると、あらかじめ開けられていた窓の方へ歩みを進めつつ言葉を続けた。

「正直なところ、陰陽寮はもう長くはない。かつては国家の中枢にあり、専横を極めた陰陽師という役職は、既に存在しないものと思っていい。ただ生き残りをかけて足《あ》掻《が》いているだけの時代錯誤のまじない師……。内務省の職員たちはみな、我々のことをそう思っているだろう。これからの時代の陰陽師像を作るのは、君たち若き世代だ。犬上准尉はいまいくつかね？」

「今年で二十歳になりました」

「ほほう。二十歳で准尉とは立派なものだ。同年代では出世頭ではないか」

「いえ、准尉昇任の最年少記録は、十六歳だそうです」

「それは君の言う〝一足飛び〟連中の話だろう。しかし十六歳で准尉……。そうか、敷島総司《しきしまそうじ》だな」

呟くようにその名を口にした途端、窓の外に向けられた彼の目つきが、やや忌々しい気に細められたのがわかる。

「彼も君と同じ希望の星ではあるがね、性格は正反対のようだ。出向組と転属組という違いもあるが」

　敷島総司は朔也の元上官であるが、今から数年前に陰陽寮に転属となった。それも最初から幹部として、だ。

「酷く目立ちたがり屋で実績に貪欲。彼が陰陽寮に来てから一体何度問題を起こしたことか……。実はね、今このときも儀式の真っ最中なのだよ」

「儀式、ですか？」朔也はわずかに首を捻った。「まさかまた識神召喚《しょうかん》を？」

「ああ、そのまさかだ。さすがは敷島家の御曹司といったところかな。前回の儀式で予算が空っぽになったはずなのだがね、ならば私費で行うと言って強行したわけだ。今回は巫女《みこ》まで動員しているという念の入れようだよ」

「わざわざ巫女を雇ったのですか。どんどん大掛かりになっていきますね……」

　敷島総司という男は、一言でいえば天才だ。

　いや、天才だった、だ。

　幼い頃から神童と呼ばれ、その呼び名に相応《ふさわ》しい功績をいくつも積み重ねてきたのは事実なのだが、年齢を重ねるにつれ、次第にそのメッキは剝がれつつある。

　一見煌《きら》びやかに見える彼の才能を形作っていたのは、敷島家が保有する莫大《ばくだい》な財力と、門外不出の秘術の数々だったのだ。

「もう後には退けんのだろうさ」と晴臣。「とは言っても成功確率はゼロではない。もしも彼が識神の召喚を成し遂げたならば、明日から陰陽頭は、彼になるだろう」

「ぞっとしない話です」

結界下で活動できる識神は、非常に強力なものに限られる。それこそ伝説に語られる陰陽師、〝安倍晴明《あべのせいめい》〟が使役していた十二天将《じゅうにてんしょう》くらいでなければ無理だ。

そんな強力な識神を敷島が呼び出し、陰陽寮の頂点に立つ姿を想像してしまったのか、朔也はそこで一度身震いした。それだけ敷島という男は因縁の相手なのである。どの部署へ行っても常に上にいて、強権をちらつかせてくる嫌な奴。

もちろん実害だって被《こうむ》っている。新兵時代に彼から受けた可愛がりによる傷痕は、未《いま》だに胸の奥深くに刻み込まれているようだ。

だからである。朔也が出世を志す理由の、その少なくない部分には敷島への対抗心があった。

いつかあいつよりも上の立場に立って見下ろしてやる。困難にくじけそうになる度に口中でそう繰り返している。

「――ふふふ、まただ。考えていることがすぐ顔に出るのだね、君は」

知らぬ間に晴臣の視線がこちらへ向いていた。彼はほくそ笑みながら言う。

「敷島君に関しては、私も正直持て余しているところがあるが……。それでも有能であることは間違いない。仲良く手を取り合って、とまでは言わないが、力を合わせて新しい時代を築き上げて欲しい。消えゆく老人からの最後の頼みと思って、引き受けてはくれないか？」

「陰陽頭はまだまだお若いです。あと数十年はご指導ご鞭撻《べんたつ》願えればと」

「はは、そう言ってくれるのは嬉《うれ》しいがね、ごまを擂《す》る相手はよく選んだ方がいい。長く働いていくつもりならば、何よりも将来性を重視すべきだ」

と告げて壁掛け時計に目を向けると、それからゆっくりと腕を持ち上げて執務室の入口付近へ指先を伸ばした。

「もうじき儀式の終了時刻になる。傘でも持っていってやりなさい。私が君に教えてあげられることなんて、こういった処世術くらいだよ」

傘、と言われて初めて気が付いた。

窓の向こう側に広がる空は、いつの間にか分厚い雲に覆われており、今にも泣き出しそうなほどに黒ずんでいたのである。

そうか、敷島は自信家だが、詰めが甘いところがある。常に恵まれた環境下にあったためか、直情径行で思慮分別に欠け、用心深さとは無縁の人間だ。そういった至らない部分を甲斐甲斐《かいがい》しく補佐していけば、確かに昇進の近道にはなるのだろうが……。ずぶ濡《ぬ》れになって意気消沈する、敷島の姿を見たいという想《おも》いもある。けれど晴臣の気遣いを無駄にするわけにもいかない。彼は朔也の、数少ない理解者であるからだ。

数秒をかけて利害を整理し終わると、「ご助言ありがとうございます。すぐに行って参ります」と口にし、深々と頭を下げてから執務室を退出した。

胸の内側に溜めた息を長く放つと、両手で挟み込むようにして自らの頬を叩く。

やや重たくなった足取りで進んでいく廊下には、雨が降り始めたときに香る特徴的なあの匂いが、既に仄《ほの》かに漂っていた。

識神とは超常の存在であり、陰陽師を陰陽師たらしめるものだ。

使役している識神の格が陰陽師の格そのもの——そういった認識を持っている者は未だに多いし、あながち間違いであるとも言いきれない。伝承に謳《うた》われるほどに高位の識神は山を穿《うが》ち、島を掻《か》き消すと謂われているからだ。

個人が保有する戦力としてはあまりに規格外。ただし現状、それほどまでに強力な識神を従えている陰陽師なんてどこにもいない。

帝都上空に張り巡らされた結界は、邪心を持つ怪異の侵入を決して許さないからだ。それは召喚された識神についても同じである。

というのも、識神として喚び出せる神霊には二種類があり、それぞれ和魂《にぎみたま》、荒魂《あらみたま》と呼ばれている。和魂とは、神々やその眷属《けんぞく》、もしくはそれに準じる存在である神獣や霊獣の総称だ。対して荒魂とは、零落した神や鬼神の類に加えて、単なる妖怪変化までをも含めた名称だ。つまりはピンキリなのである。

結界下で喚び出せる識神は、非常に格の高い和魂に限定される。もちろん帝都郊外に出ればその限りではないのだが、古《いにしえ》より高級官僚であった陰陽師にはその道も選べなかった。その結果として、全ての国家陰陽師の手から、強力な識神を操る術が失われて久しい。

「……もしも識神召喚術を極めたいと願うのなら、都を出るべきなんだ」

朔也の考えとしてはそうだ。実際に国を捨て、無所属の術師として活動している者もわずかながら存在する。真《しん》に力を求めるのならそうすべきだ。

しかし敷島は違う。名家の庇護《ひご》と権力を自ら手放すはずがない。その姿勢はどっちつかずのように感じられる。どうしても手に入れたいものがあるのならば、守りを捨てて賭けに出るしかないのではないか。そう思える。

過去の経緯を抜きにしても、朔也は敷島を好きにはなれない。だがせっかく晴臣が持たせてくれた傘を届けぬまま引き返すわけにもいかない。だから、まるで気乗りはしないまでも、重い足を引《ひ》き摺《ず》るようにして進み続けている。

目指すべき場所は、野外に設けられた祭事場だ。大きなかがり火が赤々と天を染めているので、遠目にもどこで儀式が行われているのかはすぐにわかった。

こういった儀式のやり方にはいくつもの種類があるのだが、今回彼は、密教における護摩《ごま》行《ぎょう》に似た手法を選んだらしい。

木材で組んだ護摩壇の中心に炉を据え、燃え上がる炎の前で祈禱《きとう》を行うこの術式は、元来は不動明王を顕現させ、国家の守護を願うためのものだったという。

近付くにつれ、やがて全貌が見えてきた。辺りに火の粉が舞い踊る中、汗まみれになった敷島が一心不乱に真言を唱えているようだが……炎の先が時折、額周辺に触れており、髪が焦げる臭いが微かに漂っている。転属になってから伸ばし続けていたらしい長髪も、あの様子では台無しだろう。

周囲には彼の派閥に属している幾人かの陰陽師と、十数名の巫女の姿があるようだが、どの表情にも明るい色はなかった。眉を顰《ひそ》めたり、渋面をつくったりしている。

「どうやら今回も、徒労に終わりそうだな……」

小さな声でそうこぼしてから、頭上を見上げて確信を強めた。薄墨色に染まった空からぽつり、ぽつりと雨滴が漏れ出してきていたからだ。

この先の展開は手に取るようにわかる。雨によって炎の勢いが弱まるのを見た敷島は、苛立《いらだ》ち紛れにその辺りを蹴りつけると、烏帽子《えぼし》を脱いで地面に叩きつけ、協力者への労《ねぎら》いの言葉一つなく立ち去ろうとするに違いない。

そこへ「お疲れ様でした」と一言声をかけて、傘を差し出すだけだ。それでいい。彼が受け取るかどうかはわからないが、見送るだけでも別に構わない。それで十分に義理を果たせるはずだと、諦めの悪い男の背中を見守っていると――

「――きたっ！　きたぞ！」

突如としてそんな声を上げ、祈禱を中断して立ち上がる敷島。

その視線が向かう先にあるものを見て、朔也もたまらず瞠目《どうもく》した。

さもありなん。頭上に満遍なく広がっていたはずの黒雲がいつしか渦を巻いており、その中心部分にぽっかりと開いた穴隙から、見るも神々しい光が差し込んでくるのである。明らかなる超常現象だ。

「おお神よ！　識神よ！　我が声にこたえよ！　願いにこたえて顕現せよ！」

両の腕を大きく左右に開いた姿勢で声を振り絞り、天上から降臨せんとする何者かを体で受け止めようとする彼。ほんの数十秒前まで誰も彼もが、「今回の儀式もまた失敗か、もういい加減にしてくれよ」と内心悪態をついていたはずだ。

だというのにまさか、まさか。

「我が名は敷島総司！　識神よ、汝《なんじ》を呼び出したるはこの俺！　この敷島総司だ！　だから聞け！　願いを叶《かな》えよ！　俺の願いは――」

が、しかし。

彼のその言葉が最後まで紡がれることはなかった。

刹那の稲光が視界を白一色に染めると、一拍遅れて耳をつんざく雷鳴《らいめい》が響き渡った。

そのせいで辺り一帯から全ての音が掻き消されてしまう。

大勢の人間が集まっているはずの祭事場に、あまりにも不自然で不似合いな空白の時間が流れた。

ただしそれだけだ。何も起こらない。

そのまま数秒のときが流れ、束《つか》の間《ま》の静寂が過ぎ去ったあとには――

「なん、だと？」

つい先ほどまで上空を覆っていた黒雲が、一瞬にして完全に消失していた。

「ば、馬鹿な。どこへ消えた？　俺の識神は……」

放心したように敷島が呟き始めた頃、今度はどこかから、「ひいっ」という悲鳴が聞こえてきた。布が引き裂かれる音にも似た、甲高い女の声だった。

見れば誰かが倒れているようだ。まさか雷《かみなり》に打たれたのか？

未《いま》だ混乱のただ中にある敷島をよそに、いち早く立ち直った朔也は、叫び声がした方向へとまっすぐに駆け寄っていく。

祭事場の冷たい石畳に倒れ伏した、小柄な女性の背中は、巫女のものだ。彼女が身に纏《まと》う紅白の巫女装束が、それを確かに物語っていた。

しかし前後の状況から判断するに、彼女がただ稲妻に打たれただけだとは考えられない。何故ならば、儀式によって喚ばれたのであろう識神が、この場に顕現する寸前で消えてしまったからだ。きっと誰の目にもそう映ったことだろう。

「……そ、そんなことは、ありえん」

ようやく事の流れを察したらしい敷島が、背後で呆然《ぼうぜん》と声を漏らすのが聞こえた。でも朔也の耳にはもう届いていない。

「おい君、大丈夫か？　しっかりし――」

何よりも人命救助が優先だ。うつ伏せに倒れたまま微動だにしない少女へと、心配げな声色で呼びかけていくが……。

けれども途中で何かに気付いたように、彼の言葉が不意に途切れてしまう。

息を確認しようと手を近づけた際、見てしまったからだ。

倒れ伏した巫女の横顔は、その面影は……朔也にとってはあまりにも予想外のものであった。

「まさか、詠美《よみ》、なのか？」

少女のすぐ傍らに膝をついて、喉を小刻みに震わせつつその名を呼ぶ。

動揺を露わにしながらも、おぼつかない手つきで彼女を抱き起こそうとする彼。顔色を蠟《ろう》のごとく青褪《ざ》めさせた朔也を止める権利は、この場では誰一人として持ち合わせていなかったに違いない。

何故かと言うと、稲妻に打たれたその巫女の正体は――

おおよそ七年ぶりに再会した、彼の妹だったのだから。


犬上朔也と望月《もちづき》詠美は、血を分けた実の兄妹《きょうだい》である。

なのに苗字《みょうじ》が異なる理由はごく単純で、子育てにはお金がかかるものだからだ。

特に陰陽師を育成しようとすれば経費は膨大なものになる。そのため経済的に苦境に陥った犬上家が、詠美を養女に出す判断をしたのも自然な流れと言えた。

「詠美と最後に言葉を交わしたのはそのとき……今から七年前のことです。その後も式典や儀式の最中に姿を見かけることくらいはありましたが、接点と呼べるほどのものはなかったと記憶しています」

養子先の望月家が巫女の大家だったため、兄は陰陽師、妹は巫女の道を進むことになったのだ。だから、ごく稀に式典で顔を合わせることはあったが、特に言葉を交わしたりはしていない。その程度の関係性なのである。

「なるほどな。よくわかったよ、ありがとう。楽にしてくれ」

中老の男性が上座からそう口にし、ようやく着席を許された朔也は椅子の上に崩れ落ちた。

敷島が行った識神召喚の儀式から、既に三時間ほどが経過している。だというのに、あの雷光の衝撃は未だに陰陽寮全体を震わせ続けていた。こうしてお歴々が会議場に集結し、終わりの見えない話し合いを繰り広げるくらいには。

「さて各々方、どう思われましたか」と中老の男性――陰陽助《おんみようのすけ》の荒井《あらい》彭越《ほうえつ》が言う。陰陽寮の序列としては陰陽頭に次ぐ第二位であり、いわゆる次官の位にある人物だ。

「出向中とはいえ、貢献度を考えれば犬上准尉は既に身内であるといえる。この事実を好機と捉えるべきか、はたまた不運と見るべきか」

「どうもこうもなかろう」と別の老人。「陰陽頭が事実確認を終えるまで待つのみだ」

「いや、それは思考放棄ではないか？　晴臣様が戻られたときに、我らの意思を伝えられるよう話し合うべきだ」

「だから議論の材料が足りぬと言うておる。あの巫女の体に識神が宿ったかどうかもまだわからぬのだぞ」

次第に弁舌が熱を帯びていくが、その場に一人だけ、苦り切った表情で腕を組んでいる者がいた。陰陽小允《おんみようしようじよう》の席に座る敷島総司だ。

彼もまた、直接口にはしないまでも確信しているに違いない。識神降臨の前兆が現れた直後に雷が落ち、それが巫女を直撃したとなれば、まず神罰を疑うのが普通だ。しかしその体に焦げ痕一つ見つからないとなれば、今度は別の事実が鮮明に浮かび上がってくる。

すなわち、識神召喚には成功したが、選ばれたのは敷島ではなく、その場に居合わせた巫女の一人だったということ。

だからこの会議場に連れてこられるなり、朔也は質問攻めにあったというわけだ。まあそれについては自業自得でもある。倒れた巫女に誰より早く駆け寄り、その名を必死に呼んでいたのだから、関係性を説明しないわけにはいかなかった。

と、そこへ。

「——待たせたな。事情の聴取には成功した」

入口の戸がするりと開くと、礼服に身を包んだ御門晴臣が厳かな足取りで入室してきた。彼はそのまま上座へと向かい、重鎮たちの間に腰を下ろす。

「陰陽頭、いかがでしたか？」

老人の一人がすぐさま訊ねると、

「間違いなさそうだ。この目でしかと確認した。少しだが言葉も交わしたしな」

晴臣は簡潔に答え、会議場をぐるりと見回しながら、さらに驚くべき事実を明言した。

「巫女の体からは神々しいほどの気配が放たれていたよ。私をして、畏怖の念すら抱かざるをえないほどの……な。かなり高位の和魂が宿ったことは疑いようがない」

「おお、それは……。言葉を交わされたと仰いましたが、名乗られましたか？」

「オウマ、と言っていた。字に直せば〝逢魔《おうま》〟となるそうだ」

人差し指の先で宙に文字を書き、さらに彼は話を続ける。

「文献上では見た覚えのない名だ。恐らく真名《まな》を明かせぬほど尊き存在なのだろう。少し話をしただけではあるが、言葉の端々に叡智《えいち》の輝きを感じた。考えるに、知恵の神に類するものか、その眷属に違いない」

「ほほう！　陰陽頭が仰るならば、これは間違いありますまい！」

荒井が手を叩きながら声を上げ、皺《しわ》深い顔を柔和に綻ばせると、周囲の重鎮たちの表情にも同じものが広がっていく。

「なんということか。この苦境の折に、それほど高位なる識神様が顕現してくださるとは……。研鑽《けんさん》を忘れぬ我ら碩学《せきがく》の徒《と》に、智を司る神が手を差し伸べられたと考えるべきか？　いや、これは実にめでたい」

「何がめでたいものか！」

どん、と机上に拳を落として怒気を露わにしたのは、敷島である。

「儀式を主導したのは俺だろう！　本来ならその功績は俺のものであって――」

「いいや違う。識神様が器として選んだのは、彼女だ」

ぴしゃりと晴臣が否定すると、さすがの彼も口を噤《つぐ》まざるをえなかったらしいが、その憤懣《ふんまん》はいささかも解消されていないと見える。嚙《か》み締《し》められた奥歯からぎりりという音が聞こえてきた。

「……評価せぬ、とは言っておらん。敷島小允、君の技量も手腕も大いに称賛しよう。功績は認めるし褒章も出す。ただし、識神様が契約者に選んだのは彼女だということもまた事実だ。その理由にしても我らが推し量れるところではない。まさに神のみぞ知る、という話だ」

「ですが再現性はどうなのでしょう」と敷島は食い下がる。「巫女の身に識神が宿ったことは認めましょう。だがしばらくすれば神の世界に還《かえ》ってしまうはず。果たしてもう一度喚ぶことができるのでしょうか？　俺なら何度だって」

「それも確認してきたよ。識神様はこう仰った。『妾《わらわ》は巫女との間に契約を結んだ。今後はその喚び声に応えて降臨しようぞ』とな」

「くっ……。ぐぬう……」

やり込められて押し黙る彼。実に口惜《くや》しそうであり、内心「いい気味だ」と思う。

だがしかし、それから彼は何故か、朔也の方に突き刺すような視線を向けてきた。

赤く充血した目だ。瞳の中の血管まではっきりと見える。憎悪に近い感情が籠められていることは間違いない。どうやら完全にこちらを敵と認定したらしい。

「――ですが一点、問題がございますな」

場の空気を一新するためか、そこで荒井が話題を転換した。

「そのような高位の識神を宿している者が、ただの雇われ巫女というのは外聞が悪いのでは？」

「然り。その点はなんとかする必要があろう」と同調の輪が広がっていく。

その理屈もわからなくはない。識神召喚を成功させた功績は陰陽寮のものになるが、現状ではそれだけだ。巫女は国家に属するものではなく、望月家から臨時に雇い入れているに過ぎないのである。

「ならば仕方があるまい」

ややあって、晴臣が威厳に満ちた口調で発言した。

「彼女を陰陽寮に迎え入れよう。有史以来、初めての女性陰陽師としてな」

「何を馬鹿な……‼」

敷島が不服を漏らし、握りしめた拳を震わせ始めるが、彼以外のどこからも反対の声は上がらないようだ。

とはいえこれは、とても大きな決断である。晴臣が先ほど口にした通り、千二百年にも及ぶ陰陽寮の歴史の中で、女性を陰陽師として採用した例は存在しない。

陰陽師には男性しかなれず、巫女には女性しかなれないという不文律は、これまで一度たりとも侵されたことはなかった。なのにそれを根本から変えてしまおうというのだから、簡単であろうはずがない。

だというのに、

「ついては彼女の指導役に、犬上准尉を推そうと思う」

続けて放たれたそんな言葉に、不意をつかれた朔也は思わず「は？」と声を漏らしてしまう。

「お、お待ちください。そんな大役、自分にはとても」

「適任でしょうな」と荒井が追従した。「初の女性陰陽師となれば、どうしても好奇の目に晒《さら》されましょう。それでなくとも男所帯ですからな、よからぬことを考える輩《やから》が出ないとも限りません」

「その通りだ。なに、難しい話ではない」

糸のごとく目を細めた晴臣が、子供に言い聞かせるように告げる。

「兄として妹の相談に乗りつつ、その身を守ってやるといい。そうすれば識神の声を聞く機会もあるだろうから、可能な限り書き留めておいて欲しい。我々が君に求める役割はそれだけだ」

要約すれば護衛役兼、監視役ということになる。

「この仕事は何より優先してもらう。現在請け負っている案件は他の者に回して構わない」

「しかし、他の者と言われましても……」

「問題ない。私が責任を持って仕事を割り振ろう」

そう口にしつつ、片目を瞑《つぶ》ってみせる彼。なるほど、陰陽頭としてはこれを機に、軍部からの出向者に現場仕事を押し付ける習慣を変えたいのだろう。

けれども朔也としては、諸手《もろて》を挙げて歓迎するわけにはいかない。功名を望む彼にとっては、手柄を上げる機会を奪われるに等しいからだ。

ただ、迷いどころでもある。史上初の女性陰陽師の指導役という肩書きは、果たしてどれほど名誉なものなのか。場合によってはそちらの方が出世の近道かもしれない。現時点では判断がつかないが。

「……わかりました。謹んで承ります」

とはいえ結局のところ、所属長からの業務命令に逆らえるはずもない。

敷島からの視線がより一層冷たくなった気がしたが、ともあれ朔也が指導役を拝命したことにより、識神の扱いに関する議題には一応の結論が出たらしい。

周囲の雰囲気が徐々に柔らかくなっていき、ぱらぱらとした拍手までもが送られてきたところで、

『至急、至急！』

広間の壁際に設けられた伝令装置から、やたら逼迫《ひっぱく》した声が響き渡った。

『応援要請あり！　警保寮庁舎が何者かに占拠された模様！　各位は至急現地に向かわれたし！　繰り返す――』

「警保寮の庁舎だと……？　となるとまさか」

河童の死体を取り戻しに来たのではあるまいな……。そんな晴臣の呟きが聞こえてきた途端、朔也もすぐさま事態を把握したようだ。その推察はきっと正しい。

襲撃者の正体は、水神を信奉する者か、はたまた河童の仲間か。

前者だとすれば異能持ちの可能性が高い。後者であれば結界を突破できるほど高位の存在ということになる。どちらにせよこれは、陰陽寮の総員が出動すべき重大案件だ。

「――行くぞ。俺に続け」

怒りのやり場を見つけたような表情で、敷島が率先して席を立った。

血管の浮き出た彼の手は既に、腰に吊《つ》り下《さ》げられた軍刀の柄《つか》に添えられていた。

庁舎を出て外気に触れた瞬間、朔也は直ちに察した。いつの間にか完全に夜の帳《とばり》が下りてしまっていると。

普段から薄暗い結界都市だけに、夜間の晦冥《かいめい》さにはまた格別なものがある。しかしその闇の中にあっても、一際強く存在感を放ち続ける、見るも剣呑《けんのん》な雰囲気を宿した集団を目に留めて立ち止まった。まるで暗黒の煮凝《にこご》りのようだ。

「陰陽小允の敷島総司だ。襲撃者どもよ、要件を聞いてやろう」

躊躇《ためら》いもなくさらに足を進める敷島に、遅れまいとついていく朔也。

こんなやつでも陰陽寮の重鎮の一人だ。怪我《けが》でもされては問題になる。いよいよとなれば前に出るしかない。そう覚悟を決めて身構えていると、向かいの一団から大柄な人影が一つ、ゆったりとした足取りで歩み出てきた。

「——おひけえなすって！」

予想よりも高い調子の声で、相手はいきなり仁義を切った。

「手前生国と発しまするは相模《さがみ》の生まれ！　姓は川端《かわばた》、名を雅次郎《がじろう》、人呼んで火消の雅次郎と申しやす！　面体お見知りおきのうえ、向後万端よろしくお頼み申しやす」

少し足を開いて腰を落とし、右手を差し出したその振る舞いは実に堂に入ったものだった。黒い半纏《はんてん》に身を包み、五分刈りに鉢巻きを締めた青年だ。

敷島は「ほう」と感嘆の言葉を漏らすと、同じように右手を前に出して告げる。

「丁寧な口上、痛み入る。一家の中でも身分のある方とお見受けしたが？」

「若輩者にも拘わらず、若頭《わかがしら》の位をいただいておりやす。後ろの者どもはみなおいらの部下だと思ってつかあさい」

「この場においては貴殿が代表だということか？　なら話は早そうだが、要件を伺ってもいいだろうか」

「水神様の亡骸《なきがら》を受け取りにきた。そう言えばわかるはずだ」

「亡骸だと……？」とわずかに首を傾げた敷島に、「自分が詳細を把握しています」と朔也は申し出た。すると、

「だったら交渉相手はあんたでいいや」とその大柄な青年——雅次郎が鋭い目つきを向けてくる。「隠しても無駄だぜ。消防組から聞いてるからな。水神様の亡骸はここにあるんだろう。まさか弄《もてあそ》んだりはしていないだろうな？」

「弄ぶ、という言葉が解剖のことを指すのなら、まだのはずだ。明日の予定だと聞いている」

「へえ、間に合ったってわけか。そいつは朗報だ。後ろのやつらはおいらほど物分かりがいいわけじゃねぇからな。今にも暴れ出しそうで大変なんだ」

にやついた表情で、明らかな脅し文句を口にする彼。

「……警官たちはどうした？」と敷島が口を挟んだ。「ここは警保寮の敷地《しきち》内だぞ。たくさんいたはずだが」

「縛り上げてあっちに転がしてるよ。今から亡骸の場所を訊き出すところだったんだが、あんたらが教えてくれるなら手間が省ける」

「わかった。案内しよう」と朔也は迷いなく答えた。

敷島が訝《いぶか》るような眼を向けてくるが、彼は何も理解していない。水神信奉者の火消は例外なく異能者だ。常人よりも強靭《きょうじん》な肉体を持ち、それぞれが途轍《とてつ》もない膂力を秘めているはずなのだ。たった二人でどうにかできる相手ではない。

それにだ。国家機関に所属して給金を得ている消防組と違い、町火消には順法意識が欠けている者が多いと聞く。ここで道理を説いても無駄だろう。

会話を引き延ばしつつ後続を待っていたが、陰陽寮から誰かが駆けつけてくる気配もない。となればもう穏便に進めるしかないではないか。

「おい、正気か貴様。暴徒に屈するつもりか？」

「現場を知らない方は黙っていてください」

「なんだと？　それが上官に対する態度か！」

すぐさま襟首を摑《つか》み上げて恫喝《どうかつ》してくる彼に、毅然《きぜん》とした態度でこう返す。

「お忘れですか？　あなたは陰陽寮に転属されました。そして自分は出向中の身ですので、所属はまだ軍部です。関係上は上官ではありません」

可動性の低い狩衣装束に馴染んだ彼とは違い、朔也は今も陸軍の制服を身に纏っている。赤い糸で縁取りされた特徴的なデザインは、准尉特有のものだ。

この軍服を着ている以上、いかなる事態に直面しようとも狼狽《うろた》えることはできない。

敷島の腕を払いながら雅次郎に向けて告げる。

「後についてきてくれ。遺体は霊安所にある」

「そうかそうか、そりゃあ良《い》い心がけだ。聞いたな野郎ども！」

雅次郎が「行くぞ」と声をかけると、揃《そろ》いの火消半纏に身を包んだ集団がぞろぞろと歩み寄ってきた。

彼らの体格はそれぞれ違い、背が低い者も高い者も小太りの者もいたが、肩と腕回りだけは鉄骨のように逞しく、漂う威圧感が強者の雰囲気を醸し出している。

もしも戦闘になった場合には、今日が朔也の命日になるかもしれない。だが諍《いさか》いを回避する方法はある。とにかく一度、河童の死体を渡してしまうのだ。手荒に扱っていないことを証明すれば、彼らの興奮も幾分か冷めるはず。

交渉するのはそれからだ。河童が何者かに殺害された可能性を示唆すれば、今度は死因が気になってくるに違いない。真実を知る方法が他にないのなら、解剖に同意してもらえる可能性はある。

歩きながらも脳を高速回転させ、話の運び方を模索しつつ、警保寮別棟の門を抜けて霊安所に繋《つな》がる廊下を進んでいく。

あとは仏頂面のままついてくる敷島をどうするか。本音を言えば、あの場に置いていきたいところではあったものの、それは下策に違いない。彼から反感を買ったことは間違いないのだから、事後にあることないこと吹聴されてしまう恐れがある。すると失敗したときに朔也の立場が致命的に悪くなる。そんな危険は冒せなかった。

そんなふうにあれこれ想像を巡らせながら足を動かしていると、やがて目的地へと通じる両開きの扉が見えてきた。

しかしそこには――

「首尾よく話をまとめたようだな。君ならやってくれると信じていたぞ」

晴臣率いる陰陽師の一部隊が、臨戦態勢で待ち構えていたのである。

さらには桜田警部率いる警官隊の姿もあるようだ。どうやら裏口から先回りしていたらしい。

「へえ、伏兵ってわけか」雅次郎は余裕をみせつつも警戒心を露わにした。「随分と嘗《な》められたもんだな。川端一家の精鋭を、この程度の人数で迎え撃つ気かい？」

「待ってくれ、そんなつもりはない」

こちらの戦力がいかに充実しようとも、異能者と正面からぶつかり合うことだけは避けねばならない。朔也は晴臣の目に視線を合わせて訴える。

「陰陽頭、ここは自分に任せてはいただけませんか？」

「もちろんだとも。現場に最も精通しているのは君だからな。全てを委ねよう」

「ありがとうございます。警官隊のみなさんもこちらの指示に従ってください」

助かった。持つべきものは話がわかる上司である。晴臣に感謝の念を捧《ささ》げながらもぴりぴりし始めた雅次郎を宥《なだ》め、敵意はないと示しつつ霊安所の中へ通していく。

気づけばかなりの大所帯になっていたが、何とか室内には入れそうだ。

総勢二十名にはなるだろうか。揃いの半纏を着た火消たちと、制服姿の警官たち。あとは狩衣姿の陰陽師たちと、軍服に身を包んだ青年が一人。

それぞれが異なる感情を抱き、それぞれに表情を変化させる中、河童の遺体に被せられた麻布がゆっくりと取り払われた。

「……ああ、三郎叔父貴《さぶろうおじき》に間違いねぇ。嘘《うそ》であって欲しかったぜ」

悲痛な声を上げた雅次郎が、安置台に縋《すが》り付《つ》くように崩れ落ちる。

これまで沈黙を貫いていた他の火消たちも歩み寄ってきた。やや手狭になってきたため場所を譲ると、やがてみなぼろぼろと涙を流し始め、啜《すす》り泣く声がさざ波のように広がり室内を満たしていく。

てっきり神と信奉者の関係性だと決めつけていたが、彼らの距離感は親戚付き合いほどの近さだったらしい。だからあんなにも、遺体を取り戻そうと必死だったのか。

「──誰の仕業だ？　叔父貴を殺したのは誰だ」

しばし河童の冥福を祈った後に、雅次郎がいきなり言葉を尖《とが》らせた。

「兄ちゃんがこの事件の担当なんだろう？　だったら教えてくれよ」

「わからない。というよりまだ殺人──殺河童？　と決まったわけでもない。事故死の可能性もある」

「事故死？　事故ってなぁ何だい。どういう事故ならこんな死体になるんだよ！」

彼が霊安所の壁を殴りつけると大きな音がして、天井からぱらぱらと何かの破片が降ってきた。

「馬鹿にすんじゃねぇ。この苦悶《くもん》に満ちた顔を見りゃあわかる。見ろ、エラの中を」

幼児サイズの遺体の喉元に手を伸ばすと、そこにあった小さなエラをめくり上げて中身を見せてきた。灰白色に染まっているようだ。

「わかるか？　こりゃあ酸欠で死んだときの特徴だ。間違いねぇ」

「こちらの所見も同じだ。だから今のところ、死因は溺死だと考えられていて」

「はぁ？ そりゃあ面白い冗談だ。河童が川で溺れたっていうのかい？」

からからと笑い声をあげる雅次郎。だがしかし、胸に宿った激怒の炎はいささかも勢いを弱めてはいないらしい。すぐに真顔になって、

「二度と同じことを囀《さえず》るんじゃねぇぞ。その首、叩き折られたくなかったらな」

「ともかく原因は調査中なんだ。あらゆる可能性を視野に入れた捜査を行っている」

「だから窒息だと言ってんだろうが！ 首を絞められたに決まってる！ 人より皮膚が強いせいで痕こそ残っちゃいないがな！」

「河童は人間よりも遥かに強いと聞く」と朔也も退かない。「どれほどの怪力の持ち主ならば、河童を絞殺《こうさつ》できるというんだ？」

「そりゃおまえ、寝込みを襲うとか、酒に酔わせたところを襲うとかよ、やりようはいろいろあんだろうが。……ああそうだ、毒物を使ったのかもしれねぇな」

「それを判断するためにここへ運び込んだんだ。解剖してくまなく調べれば、死因の詳細がわかるかもしれない」

背筋を伸ばし、胸を張りつつそう口に出したところ、雅次郎の顔がさらなる憤怒《ふんぬ》の色に染まっていくのがわかった。

「苦しみ抜いて死んだ三郎叔父貴に、これ以上の苦痛を与えるってのか！」

「そうしなければ正確な死因は判別できない。単なる事故死なのか、何者かによって殺されたのかも判断できない。必要なことなんだ！」

誠心誠意を込めて声を上げ続ける朔也。すると相手の強硬な態度に、少しだけ変化が起きた気がした。

「ふん。嘘を言ってる目じゃねぇな……」

雅次郎は胸の前で腕を組み、口元を捻《ね》じ曲《ま》げて思案する。

「怒りを向けるべきは三郎叔父貴を殺したやつであって、あんたらじゃねぇ。だがよ、本当に死体をバラせば犯人がわかるのか？」

「確実にわかるとは言えない。でも遺体の中に犯人に繋がる糸口がある可能性は高い。そして解剖しなければ、その端緒を摑む機会が永遠に失われてしまう」

「言い分はわからなくもねぇが」

真摯な説得が功を奏してか、雅次郎は耳を貸す気になったようだ。だが彼の周囲の仲間たちはみな、一様に戸惑った表情を浮かべている。

あともう一押し、決め手が足りない。そういった感覚があった。

彼らの信頼を得るにはどうすればいいのか。何も口を出してこないところを見ると、晴臣や敷島、他の陰陽師たちや警官たちにも名案はなさそうだ。

つまりは誰にも頼れない。朔也がなんとか言いくるめるしかない。だがこれ以上の説得材料となると……と考えていると、

「わかった。ならこうしようぜ」と雅次郎が口を開いた。「川端一家ではな、身内で揉《も》めたときには賭け事で決めることにしてんだよ。どうしても死体をバラしたいって言うんなら、あんたには大事なものを賭けてもらう」

「……詳しく話を聞かせてくれ」

「解剖の許可は出してやる。だが叔父貴を殺した犯人を絶対に突き止めろ。その約束が果たされなかった場合は、解剖したやつを殺す」

彼の体からゆらりと何かが立ち上るのが見えた。視覚化できるほどに濃密な殺気だ。

「わかるかい？　殺すのはあんたじゃねぇ。実際に解剖したやつだ。それでもやるっていう覚悟の決まったやつだけに、死体に触れることを許す」

その発言を耳にして、朔也は眉根を寄せて考え込んでしまった。彼が持ち掛けてきた駆け引きは、賭け事の座から相手を降ろすためのものだったからだ。

覚悟を要求する相手が朔也ではなく、解剖医であるところが嫌らしい。その条件を公表した上で名乗りを上げる者など、恐らくはただの一人もいないに違いない。

「一時間だけ待ってやるから解剖医を呼べ。時間が過ぎたら死体は持ち帰るぞ」

「………」

一瞬、晴臣に執刀してもらうかという考えが頭を過るが、さすがに厳しいか。最悪の場合は朔也自身がやるということも……。

しかしそのときである。完全に膠着《こうちゃく》状態という雰囲気が漂い始めたちょうどその頃、誰もが意図せぬ方向から一筋の光明が差し込んできた。

「――ならば妾がやってやろう」

鈴が鳴るような女性の声が空間を震わせ、その場に集まった一同が一斉に振り返る。

彼らの視線の先には、無遠慮に霊安所に踏み込んできた小さな影が一つだけ。

火消と警官、陰陽師たちがさっと部屋の両脇に分かれて道ができたところで、その真ん中を悠然と歩いてくる人物は――

「大の男がこれだけ集まって情けない話じゃのう。何を迷う必要がある？　世にも珍しい河童の解体風景が見られるのじゃぞ？　命くらい賭けられんでどうする」

どこか妖艶な気配を漂わせながら口上を述べたのは、紅白の巫女装束を身に纏う、年端もいかない少女であった。

「妾に任せておけ。こう見えて経験は豊富じゃからの。隅から隅まで調べ上げてから、綺麗に縫い合わせて返してやる。それでよかろう？　雅次郎とやら」

「お？　おう」

　雅次郎は当惑の色を表しながらも言葉を返す。

「そりゃ綺麗にしてもらえりゃ助かるが、犯人を突き止められなければ……」

「みなまで言うな、わかっておる。さくっと真実を明らかにしてやるから、大人しくそこで見ておるがよい」

　彼女に流し目を向けられた彼はぶるりと体を震わせて、その後は首を上下に振るばかり。神々しいばかりの気配に圧倒されたからに違いない。

　あえて明言しておくとしよう。高位の識神をその身に宿した朔也の妹——史上初の女性陰陽師である望月詠美が、こうしてついに表舞台に姿を現したのだ。


「——まあ窒息死には違いない。エラの色からして死後一日といったところか」

　霊安所の中央に急遽《きゆうきよ》設けられた検視台の傍らで、朔也たちは講義を受けていた。

　識神はみな異界からの来訪者であり、彼女の有する知識も異界のものだ。それが惜しげもなく披露される機会に、晴臣をはじめとする陰陽師たちは目を輝かせている。

「気道はやや閉塞しておるが、絞殺の可能性は非常に薄い。今のところそれを物語る痕跡も見つかっておらぬ。それに、この皮膚のぬめり方からすると……まあ溺れて死んだと考えるのが妥当じゃろうな」

「ちょっといいか？」

　すっかり開きにされた死体を見下ろしつつ、手を挙げたのは桜田警部だった。

「最初から気になっていたんだが、エラがある以上、河童はエラ呼吸なんだよな？溺れて死ぬなんてことがありえるのか？」

「もちろんじゃ。魚でも溺れ死ぬことはある。窒息死とはすなわち酸欠死ぞ」

　そんな言葉を皮切りとして、彼女はやけに古風な言い回しで説明を始めた。

　水棲《すいせい》生物も陸上生物と同じく、生きるためには酸素が必要だ。人間が空気から酸素を取り入れている一方で、魚は水に溶け込んだ溶存酸素を利用して生きている。人間が溺死する原理は単純なもので、水中だと酸素が吸えずに窒息するためだが、水棲生物もまた、酸素が取り込めない状態になれば窒息するという。

　そして酸欠窒息の場合、死亡直後の死体は水に浮かぶらしい。川を流れ下りながら徐々に沈んでいくのだそうだ。この点も死体の状態に合致している。

「魚はの、水がエラを通過することにより酸素を取り込んでおる。だからエラが何らかの原因で損傷すると、酸素をうまく吸収できず窒息してしまう。他にも池の表面を大量の藻が覆っていたり、水中に有毒物質が含まれていたりすれば、窒息死の要因となりうるじゃろう。まあ今回の場合は、有毒物質の可能性が濃厚じゃがな」

「なんとなく理解したが」と再び桜田。「そう判断した根拠は何なんだ？」

「体表がぬるぬるとしておるじゃろう？　魚類は粘液を分泌して除毒を行うことができるのじゃが、河童も生態は似ておるようじゃ。寄生虫や病気にかかった際にも粘液が出ることがあるが、今のところ体内からそれらしき痕跡は見つかっておらん」

「有毒物質ってのは何なんだよ！」勢い込んで口を開いたのは雅次郎だ。「叔父貴は毒を盛られたってことか⁉」

「そうとは限らぬよ。河童は普段、川底で暮らしているのじゃろう。ならば気付かぬうちに水の中に有毒物質が混ざっていて、体内に取り入れてしまうこともあろうよ。そして毒には自然発生するものもあるからの、一概に殺しとは断定できん」

その泰然自若とした語り口にみな圧倒されているようだが……朔也は改めて彼女の立ち居振る舞いを観察していた。外見だけで言えば、とても線の細い少女である。

顔貌は比較的整っている方だろう。黒目がちの瞳はとても大きく見え、鼻筋も高く、唇は薄く、輪郭だけを見れば美人の要件は満たしていた。ただし体に栄養が足りていないのか、痩せぎすな体形で頰がこけているし、顔色もやや青白い。

ざっくり刈られた後ろ髪に比べ、前髪が長すぎるのも問題だ。そのせいでせっかくの二重瞼《ふたえまぶた》が完全に覆い隠されており、全体の印象として陰気に見える。

歯に衣着せず表現するならば、巫女服を着た〝こけし〟だ。

「おい待てよ！　なら結局、何もわかんねぇってことじゃねぇか！」

雅次郎がさらに声を怒らせるが、彼女は人差し指を左右に振りながら「ちっちっち」と舌を打ち鳴らした。

「わかっていないのはおぬしじゃ。よいか？　水死体を検分する上で一番重要なのがこの辺りの内臓よ。それぞれ、よく見てみよ」

「また見なきゃならねぇのか……？　くそ……うっぷ」

彼は両目の前を掌で覆い、なるべく死体の中身を見ないようにしていた。どうやら水神の末裔《まつえい》である彼らの忌避感は、朔也たちよりも強いらしい。

「そもそも溺死の判別は難しい。一般的に知られているよりもずっと複雑なのじゃ。たとえば、泳いでいる最中に突然心臓麻痺を起こしたとしても、結果的には溺死じゃろう？」

「そりゃそうかもしれねぇが」

「だから解剖して調べねばならんのじゃ。水の中で死んだのか、殺されたあとに川に投げ入れられたかは、これらの臓器を調べることでわかる。プランクトン――水中に生息する微生物の量が決め手となる。あまり知られておらんことじゃがな、それらの微生物は水道水の中にもおる。じゃが水死体の内臓には陸で死んだ者とは比べ物にならぬ量の微生物の死骸があるはずじゃ」

「いや、少し待って欲しい」と発言したのは晴臣だ。「微生物の量で溺死かどうかを判定できるのはわかった。だが普段から川底に棲んでいる河童の体内には、そもそも大量の微生物が存在しているのでは？」

「いい質問じゃな。じゃが死亡直後に肺の中に水が浸入すると、破綻した肺胞の血管から微生物が血中に入る。そして、大循環系を介して全身に広がってしまうのじゃ。すると肺だけでなく、脾臓《ひぞう》、肝臓、腎臓等《など》の臓器から微生物を検出できる」

なるほど、それを顕微鏡で確認するわけか、と彼は納得して引き下がった。

それから彼女は「次にすべきは死亡経過時間の推定じゃ」と話を続ける。

「警官諸君のために一応説明しておくが、死後十時間の間は大体、一時間につき一度体温が下がっていく。それ以降は二時間で一度。もちろん環境温度にも左右されるから夏は体温低下が遅く、冬は早いと思って欲しい。あと角膜の混濁は約六時間で出現し一日から二日で最も強くなる。死斑は死後二、三十分で発生し、六時間くらいまでは体位変化で移動するし、指圧で褐色になる。さらにその色調から死因を推定できることもある。一酸化炭素中毒なら鮮紅色《せんこうしょく》、硫化水素中毒なら青緑色。死後硬直は死後十二時間で最も強くなり、腐敗が酷くなるのは四十八時間以降で――」

留まるところを知らない知識の奔流に、さすがにみな面喰《めんくら》っているようだ。

それでも彼女の流れるような弁舌は止まらない。

「胃の内容物の残り具合からしても、死んでからそれほど時間は経っていないと判断できる。消化速度は個人差が激しいゆえ大まかな目安にしかならんが、水死体の場合は有効じゃろう。水棲生物である以上、河童の平熱は人間よりも低いじゃろうし」

普通の変死体であれば、直腸に体温計を差して体温の下がり具合を調べるのだが、夏場の水死体の場合は適切ではない。川面《かわも》に浮かんでいるときには直射日光によって体温が上昇するし、水中では低下するため、非常に不安定だからだ。

「最終食事時間さえわかればある程度の目星はつく。大まかに言うと、胃の中に消化中の食べ物が残っている場合は食事の直後。ある程度未消化のものがあれば食後一時間以内。十二指腸までいっていれば食後二、三時間程度。十二指腸のみに存在している場合は三、四時間。小腸に便としてのみ存在している場合は五、六時間。小腸下部から大腸にかけて存在している場合は六時間から十二時間の間じゃ。死亡後には消化速度が落ちるが、それでも胃液の作用でゆっくりと消化は進んでいて――」

などと語った直後に彼女はやや顔を伏せ、「ん？　ああそうじゃった」と口にしてからまた目線を上げた。

「ところで雅次郎とやら、河童の血は普段からこの色なのかの？」

やや唐突感のある質問を投げかけられた雅次郎は、肩をびくりと震わせた。

「あ、ああ……。見ての通りだが？」

死体の臭いに酔ってしまったらしく、口元を押さえて顔を背けている。

「識神よ、血の色がどうしたというのか」

と晴臣が訊くと、

「死因というのは血液の色からもある程度判別できる。たとえば焼死の場合は一酸化炭素ガスを吸い込んでおるから、血中のヘモグロビンと結びついて血液が鮮やかな赤味を帯びる。だから内臓の色も死斑の色もそれに近くなるのじゃ」

それでいくとな、と言って、床に流れ落ちた血溜《ちだ》まりを指で示した。

「色が濃すぎる。チョコレート色――暗褐色に近いのう。雅次郎よ、目を背けておらんでこれだけ確認してくれ。河童の血はみんな同じ色なのか？」

「確かに褐色が濃い気はするが、照明の具合ってことも」

「水神の血を引くおぬしの血も同じ色か？　あとで採血に協力してくれ」

「ちょ、ちょっと待て、考えるから。……一旦席を外させてもらうぞ」

ぐったりした様子で外へと出ていく彼にはもう、出会った当初のような威勢は微塵《みじん》もなかった。今なら言われるままに採血に応じてくれそうだ。

……と、そこで。

「──のう、そこの若者よ。ノミとトンカチを用意してくれぬか」

彼女が初めて朔也に声をかけてきた。完全に初対面の態度で。

「何に使うのですか、識神様」と丁重な言葉遣いで訊ねると、「解剖の続きじゃよ」という答えが返ってくる。

「頭蓋骨の上半分をこう、円形に割って脳を調べるのじゃ。それで脳出血の有無がわかる。早めに用意してくれるか？」

どうやらまだ解剖を続ける気らしい。彼女の信じ難《がた》い発言を耳にして、残っていた火消たちも慌てて場外へと出て行った。みな口元を押さえながら。

かくして霊安所ではさらなる凄惨な光景が繰り広げられることとなり……いつしか陰陽師たちも姿を消し、残っているのは朔也と警官だけになった。

途中で一度だけ雅次郎が戻って来たのだが、白みがかった河童の脳味噌《のうみそ》を直視してしまったせいか、恐るべき速さで踵を返し、逃げ出していた。

解剖が終わったのはそれから一時間後のことであったが、巫女服姿の少女は慣れた手つきで河童の腹を縫合しながら、鼻歌交じりにこう告げた。

「体内に残っていた水の標本は採取した。これはこれで顕微鏡で調べるが、死亡現場を特定するためには現地の川に行ってそこの水質と照合せねばならん。明日の朝一番で向かうとしようぞ。よいかの？」

有無を言わせぬ彼女の迫力に、朔也はもはや頷《うなず》くことしかできない。

ちなみにその後、雅次郎の採血もしっかりと行われ、くぐもった悲鳴を上げながらたっぷりと血液を抜かれることになった。そしてそれが最後の作業となり、すっかり血生臭くなってしまった霊安所内からようやく解放された。

外に出て清浄な空気を胸いっぱいに吸うと、何だか生き返ったような心地になる。

結界壁の向こうから見下ろしてくる満月も、そのときばかりは同情的な色に染まっていた気がした。

識神と交わした約束通り、翌朝早くから現地調査に赴くことになった。

もちろん上層部も承知の上である。昨夜の解剖が終わった直後から警保寮と陰陽寮の間で会合がもたれ、本格的な捜査スケジュールが策定されたようだ。

そのため先発調査隊は既に出発しており、そちらには晴臣と敷島も同行すると聞いている。識神の能力を測るまたとない機会だ。陰陽師側の意気込みの強さは半端ではないらしい。

一方、朔也に与えられた任務は単純である。彼女の護衛と監視を務めつつ、遺体の発見者が住む村まで連れていくこと。ただそれだけだったのだが……。

「──あ、あのう、今日はその、よろしくお願いします」

出発時刻に駐車場に現れたのは、紅白の巫女装束を着た小柄な少女だった。

ただし霊安所に現れたときとは違い、随分と慎《つつ》ましやかな態度である。挨拶の際に発せられた声も、虫の羽音のごとくか細いものだ。

「ああおはよう。助手席に座ってくれ」

ハンドルを握ったままシートに座るように促し、それから訊ねる。

「昨夜のことは覚えているかい？」

「ええ、あの、全部覚えています」安全帯を装着しながら彼女は答えた。「識神様に体をお貸ししている間も、意識自体はありますので」

「そうか。なら特に説明は必要ないね。早速だが現場に向かうよ」

「は、はい。よろしくお願いします」

他人行儀なやりとりを交わした後で、その気まずさを誤魔化すようにアクセルを踏み込むと、けたたましいエンジン音を響かせながら車は走り出した。

軍用車の運転経験がある彼には、二人乗り自動車の操作など朝飯前だった。それでも諸官庁が密集している区域を抜けるときには、かなり注意深くハンドルを握る必要がある。大内裏《だいだいり》で人身事故など起こせば、物理的に首が飛びかねないからだ。

そのまま南の朱雀門《すざくもん》を抜けて少し進むと、やがて中心街が見えてくる。

この辺りは碁盤の目のように区画割りが行われており、道も舗装されているため車に伝わる振動も少ない。馬車が通ることを想定された道なので幅員も広く、等間隔に配置された水銀灯が街並みを白く照らし出していた。

「……その、久しぶりだね」

努めて優しい口調を心掛けつつ朔也が話しかけると、「そうですね」とだけ彼女が返してきた。

そしてその台詞《せりふ》を最後に、車内は再び静寂に支配されてしまう。

早朝ということもあり交通量は多くない。運転手にとっては理想的な環境だったが、快適なドライブには程遠いと感じた。なにしろ七年ぶりの兄妹の語らいである。どうにも距離感が摑めないし、話題の選択にも苦労しそうだ。

「元気だったかい？」と訊ねると、「それなりに」との返答があった。

「昨日はよく眠れた？」と訊くと、「まあまあでした」と返ってくる。

「髪を切ったんだね」と口にしたときには返事までに少し間があった。彼女は「売りました」と答え、「巫女の髪は良い触媒になるそうですので」と補足した。

望月家の養女として何不自由ない暮らしをしていたはずなのに、まるで生活苦に喘《あえ》いでいたかのような……。そんな疑念を抱えたものの、そのまま口に出すのは躊躇われた。血の繋がりはあれども戸籍上は他人だ。よその家の事情に口を挟むわけにはいかない。

朔也は慌てて話を変えた。「緊張しているみたいだけど、車は苦手かい？」

「いえ、車は大丈夫なんですけど、初対面の方と話すのが本当に苦手で……」

「初対面って……。数年ぶりとはいえ僕らは兄妹だろう。気兼ねする必要はないよ」

「気兼ねとかではなくて、何と言いますか、そういう性分でして。仲の良い友達相手でも、一ヶ月くらい会わずにいると、友好度が初期値に戻ってしまって」

「友好度？　なんだいそれは」

「話しかけやすさというか、親しみやすさといいますか。そういった感覚を数値にしたものですね。ちなみに初期値はゼロで、今ようやく十くらいです」

「そうなのか……。昔は人見知りしない方だったと思うけど？」

「そこは大人になるにつれて、わたしにもいろいろあったわけで」

「まあお互い、長い間顔を合わさずにいたのは事実だし、それなりに隔意を抱かれても仕方がないとは思うけど」

「いえいえ、お兄様が特別というわけではありませんから」

「お兄様？　僕のことをそんなふうに呼んでいたっけ？」

まだぎこちないながらも少しずつ会話が滑らかになってきた。そんな気がする。

道行きも順調に推移していた。とっくに中心街は通り過ぎており、下町と呼ばれる区画に入っている。そのせいか曲がりくねった隘路《あいろ》が急に増え始め、道路の起伏も目に見えて激しくなった。

さらには出勤途中の人の流れに呑み込まれ、しばし慎重なハンドル操作を強いられるはめになった。そういえばこの近くには紡績工場があったのだったか。

「ごめん、ちょっと運転に集中させて」

「はい。むしろ助かります。……ふう、わたし、会話頑張りました」

「いや、傷つくから、そういうのは口に出さないでくれる？」

「おっとすみません。口は災いのもとってやつですね」

けれども難所はそこで最後だった。ほどなくして郊外に出た途端、打って変わって通行人はまばらとなり、速度も上げやすくなった。車は快調に進んでいく。

同時に会話の少なさも目立ち始めたが、荒れた路面による騒々しい走行音のおかげで気まずさが緩和され、やがて助手席からかすかな寝息が聞こえてくると、朔也は見るからに安堵《あんど》の面持ちとなった。

しかし残念なことに、安穏とした時間はそれほど長くは続かなかった。フロントガラスの先に目的の村が見えた瞬間、直ちに異変を察知し、背筋を伸ばすことになったのである。ぴりりとした緊張感が指先にも走る。

それもそのはず。村長宅と目される平屋建ての屋敷《やしき》を、黒い半纏を着た集団が取り囲んでいるのだ。昨夜遭遇した川端一家の面々に違いない。

河童を殺した犯人を決して逃がさないという、彼らの強固な意志の顕《あらわ》れと見るべきか。ただそのせいで、先着していた警官隊と口論になっているらしい。朔也が仲裁しにいくべきなのかもしれないが……。

さて、どうしたものかと悩みつつ、最適な車の停め場所を探っていると、どこからか歩み寄って来た熟年の男性が運転席の窓をこんと叩いた。

「ようやくお出ましか。ずっと待っていたんだぜ?」

「桜田警部、この状況はどういうことです？ 何故彼らが揉めているのですか」

「どうも村人の一人が暴言を吐いたらしく、火消どもが引き渡せと騒いでてよ。その暴言というのもまた河童関連で……。やはりと言うべきか、この村における水神信仰はとっくに廃れていたみてぇだな。それどころか今は祟り神扱いなんだってよ」

「祟り神ですって？ どうしてそんなことに」

「話せば長くなるんだが――」

発端となったのは、一人の女性の自殺だそうだ。もう数年前の出来事にはなるが、彼女は井戸に身を投げて死んでしまったのだという。

その原因は生後間もない彼女の赤ん坊が亡くなったこと。経緯だけを聞くとどこにも河童は関わっていないように感じられるが――

「彼女の赤ん坊だが、息を引き取る直前に、全身が真っ青に染まっていたそうでな。そのせいで河童の祟りだと思い込んじまったみたいだ」

「全身が青色に……。まあ確かに、河童の肌の色も青系統でしたが」

純粋な青ではなく、やや緑がかっていたと思う。とはいえ、あれはあくまで死体の色だ。もしかすると生前の河童は綺麗な青色をしていたのかもしれない。

「つまりな、赤子が死んじまったことで、精神的に不安定になった母親が井戸に身を投げたわけだ。だが事情を知った他の村人たちからすると、相当理不尽に感じたようでな。お社まで作って水神様を崇めてきたのに、なんで村の赤子を祟ったのか」

「だからかつての信仰対象が、祟り神に零落してしまったと」

わからなくもない。厳密に言えば、祟り神という存在は単独のものではなく、神が持つ側面の一つだとされているからだ。

たとえば、雨は大地に恵みをもたらすが、降り過ぎれば水害となって人々を襲う。このように強い力を有するものは、大抵〝慈愛に満ちた一面〟と〝荒ぶる側面〟を兼ね備えている。それこそが神と祟り神の関係性だ。元より表裏一体なのである。制御不可能な自然の脅威に対し、人々にできるのは頭を垂れ、祈ることのみだった。だから社を作って神と崇め奉った。荒ぶる側面を鎮め、恩恵だけを与えて欲しいと願うために……。

「河童の目撃例のほとんどは、水死体の見間違いだって説がある」

桜田がそこで話の焦点をやや逸《そ》らした。

「血の気が失《う》せた死体は青く染まり、それが腐ると緑がかっていく。水流に揉まれているうちに髪も抜けていくしな。それが全身青緑色の、頭に皿を載せた河童に見えちまったって話だ。……ただ、貧しい村ではまた別でよ、その水死体は口減らしのために川に流された幼児だったりして――」

　経済的に困窮した村々では、そういった行為が日常的に行われていた時代もあるという。特に、成長が遅い子や、病弱な子供は〝河童の子〟とみなされ、水神様のもとへ〝返される〟ことも多かったのだとか。

「だからだよ。こと、赤子や幼児に関しては別の意味もあったわけだ。川に流された子供に、どうか恨んでくれるなよ、村の未来を見守っていてくれ……なんて気持ちで社に祈りを捧げていた。そんなときに、赤子が全身真っ青に染まって死んじまった。祟りだって思い込む気持ちもわからんでもない。なあ、知ってるか？　〝崇《あが》める〟と〝祟《たた》り〟は同じ字を書くんだ。それだけ心理的に反転しやすいってことで」

「いえ、それは嘘ですよ」

　助手席から唐突にそんな声が聞こえてきて、桜田は一瞬、目を見開いて硬直した。

「お、起きてたのか嬢ちゃん。びっくりしたぜ」

「おはようございます警部さん。言っておきますけど、〝崇める〟と〝祟り〟の字は違います。よく似てますけどね。今度辞書を開いて見比べてみてください」

　そう口にしつつ、彼女はドアを開けて車を下りた。砂利の敷かれた地面の上で大きく伸びをすると、緑深い農村風景を見回しては「おおー」と感嘆交じりの声を上げる。

先ほどまでとは打って変わり、その表情はとても快活なものだった。

「元気そうで何よりだ」桜田は車の後ろ側を通って助手席方向へ回り込んだ。「一点だけ確認なんだが、まだ識神様を降ろしてはいないんだよな？　今のあんたが素ってことでいいか」

「ええそうです。あ、初めましてですね、望月詠美と申します」

「ああ、初めまして……。何か調子が狂うな。昨夜言葉を交わしたときと違って……いや逆か？　あんまり雰囲気が変わらない気がするせいか」

「そりゃそうですよ。識神様には体をお貸ししているだけで、喋《しゃべ》っていたのはわたし自身ですから。初対面の印象は見た目によるところが五割五分といいますし」

そうだ。釈然としないのはその点だ。初対面の相手と話すのが苦手だと言っていたくせに、桜田とは普通に言葉を交わしているではないか。朔也の顔つきが渋面寄りになっていくのがわかる。

「識神様を降ろしている間も、意識自体はありましたしね。だからある程度の事情も把握しています。……ところで警部さん、昨夜識神様が頼まれていた準備ってもう終わっていますか？」

「ああ、川の上流での水質調査だったたか。何か所か目星をつけて汲《く》んできちゃいるが、詳細は戻って調べてみなきゃわからんぞ」

「大丈夫ですよ、多分。これから識神様を召喚しますので、ご本人に確認してみてください。ちょっと手を加えればいいだけらしいので」

「わかった。……いや待て。今ここで喚ばれちゃ困る」

桜田は素早く手を振り払って否定の意を示した。

「そうだね。次の召喚の儀には是非とも立ち会いたいと、陰陽頭からも言われてる」

朔也もすかさず同意する。識神召喚の儀式は、もっと大勢の人間が見守る中で行われなければならない。そうでなければ彼女の身に神が宿ったことを視覚的に証明できないからだ。

「詠美、召喚は村長の屋敷で頼むよ。あそこで揉めている人たちは、すぐに片付けてくれると思う。桜田警部が」

「おいおい人任せかよ。体力自慢の軍人さんの台詞とは思えねぇな」

再び運転席側に回った桜田が、ドアを開けて朔也の肩に手を載せた。

「年寄りには楽をさせてくれ。なぁに、うちの若いもんも手を貸すから心配すんな。なあ嬢ちゃん、それでいいよな？　兄貴を借りても」

「構いません。ちゃちゃっと揉《も》め事《ごと》を収めて、ささっと謎解きを始めちゃいましょう。

お兄様、ご健闘をお祈りしております！」

胸元で両の拳を握り、激励の言葉を送ってくる彼女。道中での態度とはまるで違う。あたかも別人に入れ替わったかのようだと、朔也は困惑顔でうなずくばかりだ。

かくして状況に流されるまま、桜田に背中を押されるままに、騒動の渦中へと足を向けることになったわけだが……。

いよいよだという期待も確かにあった。河童の水死体を巡る怪事件の謎が、異世界からの訪問者の手によりもうじき解き明かされようとしている。薄暗がりの中に隠された真実が、白日のもとに晒されようとしているのだ。

かの水神を殺害した犯人が何者であったとしても、もはやこの場から逃げおおせる術はないに違いない。

叡智を司る識神の目には、とっくに全てがお見通しなのだから。


「――水じゃな。強いて言うなら河童を殺した犯人は、水ということになる」

一同が集結した村長宅の中心で、巫女装束の少女が告げたその言葉の意味を、すぐに呑み込めた者は一人たりとも存在しなかった。

だからか、彼女はもう一度同じ内容を口にする。

「河童の三郎を死に至らしめたのは、この水筒の中に入っている水じゃ。採取場所は川の上流の……この村が元々あった場所にある、民家近くの井戸じゃな」

「いや、意味がわからん」

率直な感想を漏らしたのは敷島総司だ。

「水が犯人とはどういう意味だ？　毒が混ぜられていたというのか」

「惜しいの。ようするに水が汚染されていたわけじゃ。河童はそれを飲んだか、もしくはその水が貯《た》められた場所で暮らしていたか……。まあちょっと嗅いでみよ」

手渡された水筒を覗《のぞ》き込んだ敷島は、中身の臭いを嗅いだ瞬間、「うっ」と呻《うめ》き声を漏らして顔を背けた。

「……確かに臭うが、これが死に至るほどの毒だというのか？」

「ちょっと私にも貸してくれ」

興味を惹《ひ》かれたのか、晴臣が水筒を受け取って鼻を近づけ、さらに何人かが同じようにして嗅いでいく。その中にはこの村の村長の姿もあった。

村長の名は杉永《すぎなが》といい、老齢の一歩手前のように見える頭髪の薄い男だ。その体形は酷く痩せ細っており、人の骨格に皮だけを被せた案山子《かかし》みたいに見える。

「少しばかり臭いますが、この辺りでは普通ではありませんかな。私どもは慣れておりますし、煮沸すれば飲めないほどではないでしょう。ただ」

彼は水筒を別の者に渡すなり、部屋の隅にいた男へと声をかけた。

「民家近くの井戸というと、山形《やまがた》の、おぬしのところではないのか？」

「ふん、何で儂《わし》を呼んだのかと思えば、用があったのは井戸水の方か」

厳《いか》めしい顔つきをした山形老人は開口一番、不愉快げに言葉を放つ。村人の中でも最年長と思われる総白髪の男であるが、村長に比べると肩幅が広く、切り立った岩石のような体格をしていた。

「警官や火消、陰陽師に巫女までやってきてこの大騒ぎ。都会のやつは暇を持て余しているようで何よりだが、こっちにはそれほど余裕はない。その井戸水が毒だなどと、世迷言《よまいごと》も大概にしてくれ」

「ほう」とそこで識神が興味を示す。「何故そう言い切れるのじゃ？」

「儂自身《じしん》が証拠だ。儂は今でもその水を飲んでいる。だが体調を崩したことはない。無知な小娘に一つ教えてやるが、あの辺りの水場は全て、水神様が浄化してくださっていたのだ。結局おまえたちの信心が足らんから——」

「わかったわかった」と辟易したように村長が言う。「その話はもういい。識神様、水についてはそこまで問題だと思えませんが？」

ここまでのやりとりを通して、彼らの関係性がはっきりと浮彫《うきぼり》になった。山形老人は水神への信仰心が篤《あつ》く、それゆえ村の移転にも同意せず、上流に残った者の一人に違いない。対して村長以下、現在の村に住む者の大半は、信仰に冷笑的な感情を持っているようだ。

「まあ井戸水に関しては、おぬしらが飲んだところで問題はなかったじゃろう」

彼女は一旦同意を示したが、ただし、と続ける。

「この水筒の水は違う。濃縮しておるからのう。先ほど村長も言っておったが、おぬしらだって川の水を直接飲んだりはせんはずじゃ。最低でも煮沸消毒してからになる。それをちょっと強めに行った結果が、この水というわけよ」

「待ってくれ」口を挟んだのは晴臣だ。「それはおかしい。一般的に、煮沸消毒すれば水は無害になると言われているが」

「いや、そうとは限らぬよ。その水が強い毒性を有していた場合、逆に濃縮されてしまうこともある。この水の性質がまさにそれで、〝亜硝酸性窒素《あしようさんせいちつそ》〟という物質を大量に含んでおる。これを体内に取り入れてしまうと、メトヘモグロビン血症という酸素欠乏状態を引き起こすのじゃ。……ところで村長よ、ちょっと突っ込んだ話を訊いてみてもいいかの？」

「内容によりますが」

「おぬしが警官に話した内容と同じことじゃ。この村では過去に……赤ん坊の肌が青く染まって死んだことがある。そうじゃな？」

「…………」

あまり触れられたくない過去だったのか、ぐっと口を噤んだまま、蛙《かえる》のように浮き出した眼《まなこ》で睨みつけてくる彼。

なのに彼女には怯《ひる》む様子は一切ない。平然とした口調のまま話を続けた。

「やっぱりそれが理由か。この村のみなが、河童という存在に嫌悪感を抱いておるのは……。言っておくが赤ん坊の件は、水神の祟りなどではないぞ」

「は？」村長の眼光がそこで揺らいだ。「どういうことでしょう」

「簡単な話じゃよ。妾が先ほど口にしたメトヘモグロビン血症には別名があってな。その名も〝ブルーベビー症候群〟と言って――」

彼女の知るとある農場――異世界の農場に違いない――で全身が真っ青に染まった乳児が死亡した事例があるそうだ。

そして調査した結果、原理が判明した。人間の血液の中で、酸素を全身に運ぶ役割を果たしているのが赤血球に含まれるヘモグロビンという物質だ。ところが血液中に亜硝酸性窒素が入ってくることで、このヘモグロビンは酸化され、メトヘモグロビンという酸素を運ぶ能力のない物質に変化してしまう。

それでも少量かつ成人であれば大事はない。しかし、成長途上の乳児は体内の水分量が多く、体重に比べると血液量が占める割合も多い。だから、ごくわずかな量でも命取りになってしまうようだ。

「移転する前の村は、川の上流にあったそうじゃな？　そこで畜産業を営んでいたのじゃろう？　だとすれば原因は、家畜の糞尿《ふんにょう》じゃ。それに含まれるアンモニアが土壌の中で微生物に分解され、化学反応を起こして亜硝酸性窒素になった。それが雨に溶けて地下水脈に流れ込み、井戸周辺の地下水を汚染したわけじゃ」

異界の農場の場合も同じく、家畜の排泄《はいせつ》物が原因だったそうだ。そして汚染された地下水を用いて作った野菜――ほうれん草をすり潰した離乳食を子供に与えたところ、全身が青く染まって死んでしまったらしい。

赤子の皮膚はまだ薄いため、酸欠状態になってチアノーゼ症を起こすと、全身から血の気が失せて真っ青になってしまう。それを目にした村人たちが、水神の祟りだと考えてしまうのも致し方ないことだ。

「なあ村長よ、何か心当たりはないのかの。たとえば赤子が生まれたにも拘わらず、母乳が出ない母親などはおらんかったか？　そういうとき、乳の代わりに何を飲ませていたのじゃ？」

「……ぬるめのお湯に、穀粉《こくふん》を溶かして、与えておりました」

「使った水を汲んだ場所は？　同じ井戸か？」

「ええ、恐らく、その通りでしょう。そうか、それが原因だったのか……」

視線を落としたまま、途切れ途切れの声で村長は返答する。

どうやら間違いないようだ。識神は少女の口を借りて、さらに厳しい言葉で追及を深めていく。

「これではっきりしたのう。河童は村を祟ってなどおらんかった。だが赤子が青く染まって死んだことで、おぬしらは逆恨みをした」

「逆恨みだって!?」

そこで怒りの声を上げたのは、ちらちらと様子を窺っていた火消の雅次郎だ。

「それで三郎叔父貴を殺しやがったわけか！　水神様には何の罪もなかったってのにおまえらは――」

「待たんか。話を聞いておらんかったのかおぬしは。その血の気の多さ、まだ採血が足りんようじゃのう？」

「い、いや、それはもう勘弁だ」

威圧されてすぐさま引き下がる彼。どうやら昨夜の体験が衝撃的すぎたらしい。

「話を本筋に戻すぞよ。おぬしたちは逆恨みにより信仰を捨てた。しかし反対する者もおり、意見の対立から村を分けることになった。村長たち多数派は下流に移り住んだが、そこの山形老人のように、信仰を重んじる者は上流に残った」

「仰る通りです」と村長は首肯する。「確かに私どもは逆恨みをしていたかもしれません。しかし故意に地下水を汚したわけでは」

「わかっておる。じゃがそれが河童の死亡原因に関わっておるというのも事実じゃ。まずはそれを認めよ」

彼女が非難の矛先を向けた途端、場の注目が一斉に村長に集まった。

桜田警部率いる警官隊も、晴臣たち陰陽師も、雅次郎以外の火消たちもみな同様に彼を見つめている。だからか、村長の顔色がどんどん悪くなっていった。

窒息したように青褪めて、床に滴らんばかりの脂汗を流し続けながら、ただ沈黙を守り続ける憐れな老人。

険悪な雰囲気に包まれたその場に、識神の発する澄みきった声が再び響き渡る。

「妾の暮らす世界には〝未必《みひつ》の故意〟という言葉がある。意図的に犯罪行為に手を染めたわけではないが、己の行為が重大な被害をもたらす可能性を知っていたにも拘わらず、それでもあえて実行した。そういった心理状態を言い表す言葉じゃ。だが今回の事件ではそれを証明することは不可能。罪に問うのは無理じゃろうな」

「……確かにな。話を聞く限りでは、殺害とは言えん」

同調したのは桜田警部だ。

「赤ん坊の件があったから水神を憎んでいた、ただそれだけだ。直接手を下したわけじゃねぇ。故意に水を汚染した事実もない以上、責めるのは筋違いってもんだ」

「でもそれじゃ仲間の気が済まねぇ！」と雅次郎。「約束はどうすんだ！　犯人を突き止めると言ってただろうが！　これじゃあ――」

「まあ待て。話はまだ途中じゃよ」

憤りをぶちまける彼を制するように、彼女は落ち着いた口調で告げた。

「先ほども言った通り、村長の責任は問えぬ。しかし、河童の死に直接関わった者には事情聴取して然《しか》るべきではないか？　もしかしたら殺意があったかもしれんし」

「どういうことだ？」と桜田が首を傾げる。「直接関わった者とは誰だ」

「思い返してみよ。この水筒の水は濃縮しておる。あの河童の体長は幼児程度のものじゃったから、これくらいの濃度のものを体内に取り込めば死んでもおかしくはない。

じゃがその事実を言い換えれば、濃縮しなければ飲んでも死なないということではないか？」

「そりゃそうなんだろうが、村人も普段から煮沸して飲んでいると……」

「河童もか？　水底で暮らしておる河童が、井戸水をわざわざ煮沸すると思うか？」

「あっ」

熟年警官はたまらず大口を開け、呆《ほう》けたような驚愕《きようがく》の表情をみせた。

実はそうなのである。朔也もその点には気が付いていた。無言のままに深く頷く。

つまり河童に飲ませるために、汚染された地下水を濃縮した者がどこかにいるのだ。

その許されざる者とは――

「さっきちらりと言ったがの、汚染された水で野菜を作る行為も危険なのじゃ。これを〝生物濃縮〟というのじゃが、野菜の中で有毒物質が濃縮されてしまうことがある。ようするにな、井戸水でわざわざ野菜を作り、それを河童に供えていた者がおるわけじゃよ。そうじゃろう？　山形とやら」

「なぁっ⁉」

まるで予想だにしていなかったのか、大きく声を上げた山形老人は一瞬にして真顔になり、体を震わせながら数歩その場から後退《あとずさ》る。

だがもちろんその程度では、彼女の追及からは逃れられない。

「井戸はおぬしの家の敷地内にあるそうじゃな。その水を使って最近、野菜を作らんかったか？　水神の熱心な信奉者であるおぬしが、好物を作って供えていたとしてもまったく不思議ではないのう。そういえばキュウリなんかも今が旬じゃの？」

「そ、それは……。儂にそんなつもりは——」

「山形……。ではおぬしが」

村長にまで厳しい目つきを向けられ、老人は目に見えて狼狽え始めた。

「ち、違う！　そうだとしても、決して故意などでは！　ま、まさか本当に儂が作った野菜がもとで？　そんな、そんな馬鹿な話がぁ……」

混乱の極致にあったであろう彼は息を荒らげ、表情を隠すように両手で頭を抱え込むと、良心の呵責《かしゃく》からか床に両膝をつき、うずくまって唸《うな》り声を上げた。

何とも哀れなものである。全身を震わせながら嗚咽《おえつ》を響かせる老人の姿は、直視を躊躇うほどに痛ましい。

先ほどまでいきり立っていた雅次郎も、さすがに目を逸らさざるを得なかった様子だ。いくら仇《かたき》だと言っても、この経緯を把握した上で山形を憎むことはないはずだ。誰にだって過ちはあるのだから。

解剖の際に交わした約束もこれで果たされたことになる。確かに死因は究明したし、犯人の正体も明らかになった。文句のつけようがない結果だ。

山形老人については、このあと屯所まで連行する必要があるだろう。そして少なくとも殺意の有無を聴取しなければならないが……恐らく罪には問えない。件《くだん》の野菜の食べ残しが見つかったとしても、過失致死に当たるかどうかも微妙なところだ。

しかし紛れもなく事件は解決した。彼女が村長宅を訪れ、召喚の儀を行ってから小一時間の間に鮮やかに終結させてしまった。

振り返ってみればまさに快刀乱麻を断つがごとしであった。陰陽師たちは感動しているし、警官の目の色も当初とは変わっているように思える。雅次郎率いる川端一家の面々も、消化不良感はありつつも異論はなさそうだ。

幕引きは少々後味の悪いものにはなった。ただ結局のところ事件とは、人の業が縒《よ》り合わさって生まれる不条理劇なのである。だから気分爽快な閉幕なんてありえない。

異世界より招かれし識神は、その叡智の輝きを存分に見せつけ、見事に〝河童怪死事件〟を決着へと導いたわけだが……一仕事を終えた後に放たれた「ふい～」という彼女の溜息は、それまでの活躍には似つかわしくないほど間抜けなものだった事実だけは、ここにしっかりと明記しておく。

濃密極まる謎解きの時間を経たせいか、体に重りを括《くく》りつけられたかのような疲労感があった。肩のこりも悪化していそうだ。

それでも朔也は泣き言一つ口にせぬまま、公用車のハンドルを握って帰路を進んでいった。現場で仕事の全てが終わるわけではないからだ。陰陽寮に帰って報告書を書き上げ、所属長の決裁をもらうことでようやく一件落着になる。それまでは決して気を抜くわけにはいかない。

とはいえ無言のままでい続けるのもよろしくない。助手席に座っている彼女は欠伸《あくび》を繰り返しており、朔也と同じようにとても疲れているらしいが、今後のことを考えれば少しでも距離を詰めておきたいところだ。

普通の兄妹のように仲良くすることは無理かもしれないが、少なくとも仕事に支障のない程度には、気軽に言葉を交わせるようになった方がいい。

「ちょっと訊いていいか。識神に乗り移られる感覚って、どんな感じなのかな」

「ん……？　まあ、普通ですよ。特に違和感とかないです。体が勝手に動いてる感じですかね」

「いや、体が勝手に動くだけで十分違和感あると思うけど……。召喚することで体力や精神力が消耗したりはしないのかい？」

「消耗しますよ。だから今、非常に疲れてます。なので寝てもいいですか？」

「もちろん構わないけど、その前に一つ教えて欲しい。このあと報告書に書かなければならないんだ。識神の憑坐《よりまし》となった君の、今回の事件に対する感想」

　実は朔也には、前もって晴臣から密命が下されていた。識神を降ろしたことにより、宿主の身体《からだ》や精神が変容する可能性がある。どうやら過去の文献にそのような記述があったらしい。だから彼女の発言内容には常に注意を払い、変化が認められた場合には速やかに報告するようにと。

「感想ですか……。そうですね……」

　うーん、と唸りながら窓の向こう側に視線を飛ばす少女。

　道路の脇を走る川の流れをしばらく眺めたあとで、彼女は「そうだ」と何かを思い出したように口を開いた。

「事件の印象はまあ、普通ですね。河童が関わっていた以外は普通の事件でしたよ。でも村長さんのお話は面白かったですね、非常に」

「村長の話……？　そういえば帰り際に、何かこっそり話しかけていたようだけど」

「ええそうです、そのときのお話ですよ。それがですねぇ」

何やらとても楽しそうに、やや弾んだ息遣いで続きを喋り出す。

「お兄様は気付かれていましたか？　結局のところ、今回の事件は全部、村長さんによる村長さんのための復讐《ふくしゆう》劇だったんですよ」

「……なんだって？」

耳を疑うような発言が飛び出してきて、朔也は運転中にも拘わらず彼女の顔を凝視してしまった。

長い前髪に隠されがちなその瞳が、らんらんとした怪しい輝きを放っている。

「桜田警部に聞いた、井戸に身を投げた女性の話。あれって村長さんのお孫さんだったんですって」

「⁉　そうだったのか？」

「ええ、そうなんです。赤子が青く染まりながら息を引き取った三日後に、心を病んだ彼女は自殺してしまったそうですが……でも原因は一つじゃなかった」

赤ん坊の死体を目にした村人たちは、口々に水神の祟りではないかと噂し始めた。その混乱の最中に、あの山形という老人が暴言を吐いたらしい。

「――当然の報いだ、とね、言ったそうです。それからも長時間、口汚く彼女を罵ったと聞きました。水神への感謝を忘れ、その聖域までをも侵した。報いを受けるのは当たり前のことだ。おまえの子が死んだのはおまえ自身の行いのせいだと」

流行り病で家畜が全滅しかけていた当時の村では、生き残った少数の個体を隔離しようとする動きがあった。その責任者が彼女だったようだが、移動させた場所が問題だったらしい。

古より水神の支配領域であるという言い伝えが残る場所。そこに家畜を連れて避難した彼女を、山形は大声で怒鳴りつけたことがあるそうだ。不浄の身で聖地を侵した愚か者に、必ずや祟りが降りかかるであろう、と。

「彼女自身もずっと考えていたんでしょうね。水神を信仰し、守護されているはずのこの村で、どうしてこんなにも家畜が死んでいくのか。赤子が亡くなり精神的に不安定になっていた彼女には、山形老人の言葉を否定することはできなかった。……いえ、ただ楽になりたかっただけかもしれません。だから考えてしまった。自分さえいなくなれば水神の怒りも晴れるかもしれないと」

「そういうことだったのか……」

ようやく全てが腑《ふ》に落ちた気がした。青く染まった赤ん坊を目にした村人たちが、短絡的に河童の祟りだと断じていることに違和感があったのだが……本当は違ったのだろう。

彼らが忌避したのは、信仰を押しつけることで一人の女性を死に追いやった者たち。水神信奉派の老人たちなのだ。

「村長は恨んでいたんだな、あの山形という老人を……。自分の孫娘を死に追いやった張本人だから」

「いいえ、恨んでいたのは山形さんだけではありません。河童もですよ」

「は？　なんだって？」

「だってそうでしょう。ブルーベビー症候群なんて病を知っていたはずがありません。だからきっと本当に、水神の祟りである可能性も疑ってはいた。そしてどちらも憎悪を向ける対象ではあった」

だからやったのだ。両方を殺すために。

村長は山形老人にこう吹き込んだに違いない。『この間はうちの孫が済まなかった。私は水神様を信奉しているが、多数派には逆らえん。だから、村を離れる私の分まで償いをして欲しい。そうだ、好物のキュウリでも作って供えてくれないか』

「信奉者である山形さんの手で、自身が崇める神を殺させる。それこそが村長の復讐だったんですよ」

世間話のような軽い口調のまま、信じ難い話を続ける巫女姿の少女。

しかしそう言われてみると、朔也にも思い当たるところはあったようだ。何故ならあのとき――識神が〝未必の故意〟なる概念の話を口にしたときに矢面に立っていたのは誰だったのか。確かに村長だったではないか。

「だからわたし、帰り際にこっそり聞いてみたわけです。村長さんに、今のお気持ちはいかがですか、と」

答えを聞くのが恐ろしい。そんな想いを表情に滲《にじ》ませながらも、朔也は「なんて答えたんだ？」と訊ねた。報告書に記載しなければならないからだ。

「それがですねぇ」

一度もったいぶるような微笑を浮かべ、数秒の時を挟んだ後に彼女は答えた。

まるで笑いを堪《こら》えるような息遣いに乗せて――

もちろん最高の気分だよ、と。

「――うん、よく書けた報告書だ。なかなか読ませるね」

手元に抱えていた書類の束を机上に置くと、御門晴臣は椅子の背もたれに深く体重を預けて、長々とした吐息を放つ。

「以上が今回の事件の顚末《てんまつ》となります」

朔也がそう告げて報告を締めると、陰陽頭は何やら意味深な笑みをみせて、「予想以上だよ」と口にした。

「円滑な関係を築いているようで何よりだ。ただ少し、文面が堅くはあった。もっと生の声を聴いてみたい気がしたな。君から見たあの識神の、率直な印象はどんなものなのか。聞かせて欲しい」

「妹の身に宿った識神の知識には、正直底知れぬものを感じました。かなり神格の高い存在であることは間違いないかと」

「だろうね。間違いなく歴史に名が残るよ、望月詠美という女性陰陽師は」

「……兄の身としては、あの妹にそんな器があったことが甚だ意外ですが」

「なるほどそういうものか。兄妹仲はどうだったのかね？」

「悪くはなかったと思います。ですが何分、昔の話ですので」

「七年前だものな。覚えていなくても仕方がない。だから一応調べさせてもらった」

晴臣の細められた眼《まなこ》の内側には、いつしか鋭い光が宿っていた。

「犬上家の経済状況が悪化したため、わずか十歳のときに養女に出された。ここまでは君からも聞いた通りだが、望月家でも巫女の才能を開花させることはなかったそうだ。まあ巫女職に適性のある者などほとんどいないそうだから、落ちこぼれと呼ぶほどでもなかったらしい。そんな目立ったところもない普通の少女が、ある日突然前人未到の偉業を成し遂げたわけだ。〝神降ろし〟というね」

陰陽寮の最上位にあり、百年に一人の天才と謳われた晴臣ですら、結界下では識神を使役することはできない。数々の伝説的な偉業をなした稀代《きたい》の陰陽師、安倍晴明の直系の子孫たる彼であってもそれが限界なのである。

だとしたら詠美の才覚は――

「教えていただけませんか」朔也は意を決して訊ねる。「妹が降ろしたのはどのような神霊なのでしょうか。あれからずっと文献を当たられていたはずです」

「ああそうだ。なのにまるでわからんのだよ。神霊自身が名乗った名もやはり記録にはなかった。しかし言葉を交わせば交わすほどに痛感する。高度な知能と見識を備えた、清廉にして高潔な魂に違いないとね。恐らく知恵を司る古代神――思金神《おもいかね》の眷属であろうと思う。……ただ、現状は非常に危ういと私は感じている。望月詠美は識神を制御できているわけではないからだ」

「それは……自分もそう感じていました」

その懸念は朔也の中にもあった。七年という歳月を経ているとはいえ、妹と過ごした記憶は彼の中に大切にしまわれている。だからこそ気付いたのだ。あの識神が間違いなく、妹の性格にまで影響を与えていると。

「むしろ少しずつ支配が進んでいるような気さえします」

「同感だ。彼女は薄氷の上で日々を過ごしているようなものだ」

「自分はどうすればいいのでしょうか」

「付きっきりで彼女の行動を見張り、少しでも多くの知識を引き出し、その上で身心の保全に努める。今はそれしかない」

〝知識の引き出し〟と〝身心の保全〟の順序が逆ではないか？　その台詞に彼の本音が見え隠れしている気がしたが、それでも朔也は不満な顔一つ見せずに質問を続ける。

「陰陽頭が自分に望まれている役割は理解しました。ですが、理解できないところもあります。言葉を濁さずお答え願いたい。自分は彼女をただ監視すればいいのでしょうか。それとも手綱を握ることを期待されているのでしょうか」

「ははは、それは無理だ。あれの手綱を握るだなんて、誰にもできはしないよ」

口元に薄笑いを滲ませながら、晴臣はすぐに答えを返してきた。

「今回の事件で彼女が見せたものなど、ただの片鱗《へんりん》に過ぎない。あの識神が持つ知識は、この国にとっては劇薬のようなものだ。……だからね、やや距離を置いて報告書にまとめたものを眺めるくらいで丁度いいと考えている。私個人の心の平穏のために。

それ以上でもそれ以下でもない」

「劇薬ですか。それはまた……」

　彼の言葉は朔也にとっては意外なものだった。だから訊き返す。

「ですが文明の発展に寄与するのであれば、どんなものであれ」

「いいや違う。直ちに技術を進歩させるような即効性はない。むしろ遅滞させる可能性すらあるのだよ。調査の結果、あの識神が興味を向ける分野は非常に限定的なものだとわかった」

「多少ですが自分にも心当たりがあります。彼女は怪事件に……いえ、それに関する捜査そのものに興味を抱いているのでは？」

「私の意見とは少し異なるな。調査の際、彼女が特に興味を示したのは、国の暗部に関わる事柄についてだった」

「暗部と言いますと、つまり」

「端的に言えば、要人の暗殺とそれにまつわる偽装工作」

　晴臣のその発言に、朔也はたまらず固唾を呑んだ。喉の奥がごくりと鳴る。

　執務室の真ん中にぽとりと沈黙が落とされると、窓から流入する風のざわめきだけがその空白を埋めた。二人はしばし視線を交わさずにそれぞれ黙考する。

涼気が少しずつ頭の芯を冷やしていくが、その反面、体温は何故か上昇傾向にあるようだ。鼓動が奏でる音色がやけに耳障りに思えた。

「かの識神はその叡智を持って、内務省に保管された要人死亡事故の記録を読み解くと、直ちに断言したそうだ。おおよそ五割だと」

多すぎる。その数字は明らかに異常であった。

つまりは全体の五分に当たる割合で、記録上の死亡事故には何らかの作為が関わっているということ。

ようするに殺人事件だと、彼女はそう断じたわけだ。

第二話　陰陽寮の這いずり女

時刻はもう昼前になるというのに、まるで夜明け直後のような仄暗《ほのぐら》さだった。

帝都の結界下にあるこの庁舎では、照明は常に灯《とも》す必要がある。だから廊下の先には明るい光が見えるのだが、その分屋外には暗澹《あんたん》たる光景が広がっているに違いない。今の朔也の心境と同じように。

目下の悩みの種は、七年ぶりに再会した妹——望月詠美との適切な距離感が摑めないことだが、それにもいろいろと理由があり、無視できない事情がある。

経済的な理由から養女に出された妹は、家に残った朔也のことを恨んでいるのではないか。その疑念が頭をもたげていることが一つ。

もう一つは、最近彼女の体に宿った識神のことである。兄の身としては、妹が神降ろしを成功させた事実自体は喜ばしい。しかしその反面、識神に精神を侵食されつつある彼女に何もしてやれない無力感があり、なのに立場上は「もう召喚するな」と言えない後ろめたさがあるのだろう。

さらに言うならば、詠美自身のためにもここで功績を上げた方がいいと思う気持ちもあった。現時点でも歴史に残るほどの快挙ではあるが、叡智の識神の名を市井にまで広めるには、もっと大きな事件を解決する必要がある。

けれども監視役に徹することにも躊躇《ちゅうちょ》があった。陰陽寮上層部の姿勢も問題だと思う。巫女として成果を上げた者を女性陰陽師として採用する行為は、望月家から手柄を横取りすることと同義だからだ。彼女に嫌悪感を抱かれていたとしても不思議ではない。

「結局僕は、どんな顔をして会えばいいんだ……」

たまらず廊下の途中でしゃがみ込み、頭を抱えてしまう朔也。

彼女は今、陰陽寮の中に自室を与えられて暮らしている。この無駄に大きな箱物の中で勤務する、たった一人の女性職員として。

「……きっと不安だろうな。少しでも安心させてやりたいが」

最近になって耳にしたところによると、詠美は養子先でもあまり良い扱いを受けてはいなかったらしい。

彼女が引き取られた望月家は名だたる大家であるが、割り当てられた住処《すみか》は屋敷内ではなく別の施設だそうだ。没落した名家出身の子女を集めた孤児院のような場所、と御門晴臣は表現していた。

平民の子供を集めるよりはまだ、巫女の適性を示す者が多いはず。そういった発想の元に作られた施設だと思われるが、そこで詠美がどういう教育を受け、どのような生活を営んでいたかは何も知らない。いや、知ろうともしなかった。

朔也だって必死だったからだ。自分自身の進退で常に頭がいっぱいであり、実績を上げ続け、昇任をし続けた先にある犬上家再興という目標に向け、脇目も振らず邁進《まいしん》するのみだった。

そんな経緯がある以上、今さら兄貴面なんてできるはずもない。

しかし生真面目な性格の彼にはもちろん、上官命令に背く選択肢も選べなかった。であれば前に進むしかないのだ。現実はいつだって非情である。

「はあ……。行くか」

重い足を引き摺るようにして石造りの廊下を少しずつ進んでいく。革靴の底が床を叩く音がいやに大きく反響して聞こえた。

ややあって、緩やかな勾配の階段を下りていくと、そこからまっすぐに延びた光沢のある通路の先に、小さな人影がうずくまっているのがわかる。

赤い着物に身を包んだ、髪の短い小柄な少女だ。

ただし挙動が明らかにおかしかった。土下座のように両手両膝を床に付けた姿勢で、敷き詰められた化粧煉瓦《けしょうれんが》をひたすら凝視し続けているのだ。

傍らに置かれたバケツを見るに、雑巾がけの最中らしい。

いじらしい真似《まね》をするものだ。自室で待機を命じられていたはずの彼女だが、じっとしていられなくなって出てきたに違いない。この、陰陽寮という新しい仕事場で、少しでもみなの役に立ちたいと考えたのだ。

ただ、残念ながら逆効果かもしれない。詠美の身に識神が宿った事実は、既に広く周知されているところだ。そんな状況で、あんなふうに下働きをする姿を外部の人間が目撃すれば、陰陽師が批判の的になる恐れがある。

『女性陰陽師が誕生したと聞いていたが、実情としては掃除婦を雇っただけか。ならば識神の件もデタラメに違いない』

如何《いか》にもこれはまずい事態だ。早く止めなければと朔也が動き出すが、その機先を制するようにして、彼女のすぐ近くでドアが開いてしまう。

そしてさらに最悪なことに、中から急ぎ足で歩み出てきた男が、進路上のバケツに爪先を引っかけてしまったのだ。

するとどうなるか。当然の帰結ながら辺りに汚水が飛散し、廊下の壁に撥《は》ねた挙句、男の足元へと降りかかったのが見えた。

時が止まったかのごとき一拍の空白。金属製のバケツが廊下を転がる音だけが響く中、自分の足元がびしゃびしゃに濡れていることに気付いた男が、顔色を徐々に紅潮させていくのがわかる。

相手は敷島総司のようだ。彼は震える唇で「下女が」と呟くと、そこで誰もが予想だにしない行動に出た。なんと、腰に吊《つ》るした軍刀の柄に手をかけ、抜刀の気配をみせたのである。

「も、申し訳ございません！」

ただごとならぬ雰囲気を感じ取ったのか、彼女は即座に跪《ひざまず》いて頭を下げる。

「どうか、どうか平にご容赦を……」

「ちっ。こんなところで何をしている。自室待機を命じられていたはずだ」

敷島は冷徹な眼差《まなざ》しで見下ろしつつ、さらに声の調子を尖らせた。

「目障りだ、うろちょろするな。おまえの貧相な姿が目に入るだけで気分が悪くなる。いいか、二度は言わんぞ、次に俺の視界に入ったら――」

「ああこんなところにいたのか！」

さすがに傍観していられず、わざとらしい台詞とともに二人の間に割って入る。

「探していたよ、詠美。……おっと敷島小允、おはようございます。もしかして何か失礼がありましたか？　申し訳ありません。よく言い聞かせておきますので」

「何を白々しい……。まさか貴様がやらせたのではあるまいな？」

彼はそう口にしながらも、素早い動作でこちらに背を向けた。

「もういい。履物が汚れてしまったため、俺は一度帰宅する。陰陽頭に居場所を尋ねられたらそう答えておけ。……飼い主ならば目を離さぬようにしろ。次はない」

などと言い捨てて、床を強く蹴りつけながら廊下の奥へと消えていく。

その口振りからして、彼は未だに詠美への敵愾心《てきがいしん》を持ち続けているようだ。識神を横取りされたとでも思い込んでいるのだろうか。

ともあれ難場を切り抜けることはできたらしい。朔也は眉間を押さえながら溜息を落とすと、平身低頭の姿勢で固まったままの少女の両脇に手を差し入れ、その痩せた体を軽々と引き起こした。

「着物で床に膝をつくものではないよ。立ちなさい」

「えっ。ちょっ、いきなり脇は駄目ですって！」

たちまち彼女は慌て顔になって体を引き、やや距離をとりながら自分の肩を掻《か》き抱《いだ》くようにする。

「あ、あの、いくら兄妹とはいえ、ちょっとスキンシップ過剰では？　そりゃ助けてくださったことに感謝はしますけど、いきなり脇はさすがにどうかと！」

「脇は駄目なのか。わかった、次からは気をつけるよ」

敷島は「貧相な姿」と口にしていたが、言うほどでもないだろうと個人的には思う。

ただし、前髪が長すぎる点はやはり問題かもしれない。それをいつも片側に寄せているせいで、常にどちらかの瞳が隠れてしまっているのだ。

「……前髪も切ったらどうだい？　後ろ髪の短さに合わせて」

「え？　それはまあ、検討しますけど。でもその前に謝罪が先では？」

「生活が厳しいのなら頼ってくれていい。床屋に行く金くらい、僕が用立てるから」

改めて見てみると十七歳にしては身長が低く、背筋もちょっと猫背気味だ。上から押さえつけられるような過酷な環境にあったと見える。可哀想《かわいそう》に……。

妹の苦境に思いを馳《は》せた朔也は、震える掌で目を覆ってしまう。

「これまで本当に、すまなかった」

「そうそう。まずは謝るのが正解で……。いや、何ですその憐れむような眼は」

「辛《つら》い目に遭ってきたんだな。でも安心してくれ。もうおまえに苦労はさせない」

「はぁ。苦労しなくていいならありがたいですけど、なんか馬鹿にされてるような気がして仕方ありません。でもまあ、よしとしましょう。実の兄妹ですもんね。ぎりぎりセクハラには該当しないラインかもしれません」

「セクハラ……？　ところどころ意味不明だが、ともかくここは目立つ。床の水気を拭き取ってから場所を変えよう。ほら、僕も手伝うから」

壁面の標示板を見る限り、目の前の部屋は伝令室らしい。結界通報全般を管理し、速やかに各部署へと通達するため、常に複数名が駐留する決まりとなっていたはずだ。だから他にも近くに人の耳があるはず。長話は避けねばならない。

手早く床の清掃を終えたところで、朔也は再び少女に向けて手を伸ばすと、その小さな掌を握って手前に引く。

「落ち着ける場所で話がしたい。僕の部屋に行こうか。いいよね？」

「いやいや、いいわけないですよ！」と彼女は反抗の意思を見せた。「そういう関係性はまだ早すぎますって！　もっと衆目のある場所でないと安心できません。兄妹とはいえ越えてはならない一線というものが！」

「本当に何を言っているのかわからないが、いいから来てくれ。こっちだ」

「ちょっ、嫌だって言ってるじゃないですか！　手を繋ぐ前に了承を得ない殿方なんて信用できません！　わたしの身持ちは堅いと元の職場でも有名だったんです！」

必死で手を振り解《ふほど》こうとしているが、もう哀《かな》しくなるくらいに非力だった。なので半ば引き摺るような形で階段の方へと向かっていたが、

「わ、わかりました。なら食堂で！」

敵《かな》わぬと知ったからか、すぐさま妥協し始める彼女。

「食堂の端の席で手を打ちましょう！　もうすぐお昼時ですし、実はさっきからお腹《なか》がぺこぺこだったので！」

「別にそれでも構わないが」

昔よりも痩せ細った妹に「お腹が減った」と言われては、さすがの朔也も無理強いはできない。了承を返してすぐに進路を変えた。

食堂の方向は真逆である。具体的に言えば敷島が消えていった方だ。向こうで鉢合わせないよう気をつけねばならないが……。一度帰宅すると言っていたのでその可能性はないか。

「そういえば」

と、歩みを進めつつ彼は口にする。

「君に対して今後、どのように接すればいいかと考えていたんだ。お互いもう大人になったことだし、昔のように馴れ馴れしくするわけにもいかない。神降ろしを成功させた功績にも敬意を表する必要があるし」

「それもう完全に手遅れですよね？　敬意なんてここまで欠片《かけら》もなかったじゃないですか。どういう気持ちでその台詞を口にしたんですか」

彼女は棘のある言葉で返答するも、何故か終わり際には微笑を洩《も》らした。

「……もういいですよ。ごく普通の、仲の良い妹に接するような態度でいてください。むしろそっちの方がわたしも気が楽ですし」

「助かるよ、詠美。改めてこれからよろしく」

案ずるより産むが易《やす》しといったところか。先ほどまでの苦悩はどこへやらだ。

手を取り合って歩くうちに、脳裏にはいつしか、在りし日の光景が蘇《よみがえ》っていた。

家族が散り散りになる前の、とても幸せだった頃の記憶だ。残念ながら父と母にはもう再会することはできないが、この身に唯一残された彼女との縁だけは大切にしていこうと思う。密《ひそ》かにそう心に決めた。


――で、だ。一体どうしてこんなことになってしまったのか。

陰陽寮の一階部分に設けられた食堂の片隅で、朔也は何故か講義を受けていた。

「結界術は陰陽道《おんみょうどう》において、最も歴史の古い方術であると同時に、全ての基礎となる根源的な技術でもある。原初の結界は、神を大地に封じるために用いられた。知っての通りこれは国造りの一節であり、結界がなければ人は地上には存在していない」

澱《よど》みなく弁舌を響かせながらもアジの塩焼きを箸先でほぐし、話の合間を見つけては口へと運ぶ。そんな器用な真似をしているのは陰陽頭である晴臣だ。

「さらに言えば、結界とは外界と内界を隔てるために構築されるものである。そして境界部分で発生する摩擦や捻《ね》じれといった力場を術の起点に利用することで——」

こんな状況になった経緯は意外と単純である。食堂で彼と鉢合わせした朔也たちは、当然ながら丁寧に挨拶をした。するとどういう思惑があってのことか、晴臣がすぐ向かいの席で食事を始めてしまったのだ。

そうなると宮仕えの身は辛い。相手が所属長である以上は無視するわけにもいかず、昼食の邪魔にならない程度の世間話を持ち掛けたのだが、それがいつしかこんな流れに……というわけだ。

まあ直接の原因は間違いなく、彼女が「あの結界ってどういう仕組みになっているんでしょうか」などと訊ねてしまったことだろう。

「——結界が異常を感知した場合、それを構築した術師には知覚することが可能だ。その機能を利用して火事や大規模犯罪の発生を知り、即座に関係部署に無線を飛ばす決まりとなっている。それが伝令室で行われている結界通報の大まかな仕組みだな」

「結界を張った本人にしか感知できないのですか？」

「基本的にはそうだ。だが結界術のような高度な術式は、元より複数人で協力して組み上げるのが普通だ。その場合は構成に関わった術師全員が対象になる」

早口で捲《まく》し立《た》てながらも、時折何かを思い出したように「食事を摂りながら聞きなさい。今は礼儀など気にしなくていいから」とこちらを気遣うような発言もする。

だが朔也はそこまで肝が太くなかった。上司に対し、口に物が入った状態で話しかけるような失礼は冒せない。

「……話に出たから、というわけではないのだが」

ほぼ一方的に喋っていた晴臣がそこで、口元に手を当てながら話題を変えた。

「結界に関係することで一つ、かねてより懸念があってな。君たち二人に〝狐火《きつねび》〟の調査をお願いしたいのだ」

「はて。狐火とは何でしょう？」

言葉を鸚鵡《おうむ》返《がえ》しにして、小首を傾げる彼女。するとそこへすかさず解説が放り込まれる。

「狐火とは、怪火《かいか》現象の一種でな。海岸から沖に見える不知火《しらぬい》や、時折墓所で目撃される人魂《ひとだま》などと同じく、発生原因のわからぬ火の怪異の一つで――」

その怪異が昨今、問題になっているそうだ。たとえば火事の通報を受けて警官たちが現場に向かったとしても、遠目には火の手が見えていたはずなのに、近付くと何故か幻《まぼろし》のように消えてしまう。

「何かが燃えたような形跡もなく、煙も焦げ臭さも一切感知できない。だが結界通報の記録を見れば確かに火事は発生しているのだ。だというのに被害はまったく出ていないという……そんな不可思議な出来事が何年も前から続いていてな」

「まるで狐に化かされたような、というわけですね。……ごちそうさまでした」

いつの間にか食事を終えたらしい彼女が、小さく手を合わせながらそう呟く。にも拘わらず朔也の目の前には、木製の盆に載せられたほぼ手つかずの昼食があった。あちらの要領がいいのか、こちらの要領が悪いだけなのか……。

「識神様に訊いてみてはもらえないだろうか」と晴臣。「狐火という現象について、何かご存じのことはないかとな。可能なら発生原因を調べてみて欲しい」

「陰陽頭のご依頼とあらば、もちろん構いませんけども……」

と何やら言《い》い淀《よど》み、それから申し訳なさそうな顔になって再び口を開く。

「一応確認なのですが、陰陽術を用いれば可能なんですかね？　狐火を人工的に作り出すことは」

「……どういう意味だね、それは」

彼の態度が目に見えて硬化したのがわかる。

「そんなつまらない悪戯《いたずら》をしている犯人の正体が、まさか陰陽師だと？　この陰陽寮に所属している同僚たちの仕業だと疑っているのか」

「も、申し訳ございません。出過ぎた発言をいたしました」

彼女はすぐに頭を深く下げ、丁重に謝罪したが、数秒ほどして顔を上げると何事もなかったかのように平然としていた。

「その考えに至った経緯を説明します。この間、警保寮に所属する消防組の人数をお聞きしましたが、わたしは正直、少なすぎると思いました。現状では余計な現場出動は大きな負担になりますし、狐火の発生が増えれば増えるほど、本当に火事が起きたときに対応できる人手がいなくなるのではないかと」

「その通りだ。警保寮では狐火案件は、非常に重く受け止められている」

「であるならば、真っ先に考えなければならないことがあります。狐火は自然現象なのか、それとも人の作為が生み出した現象なのかということです。もしも自然現象であるならば、発生条件を突き止めれば終わりです。環境を整えることで再発を防げる。ですが人為的に引き起こされているとすれば」

「その目的を考えなければならない、か……」

眉根を寄せた晴臣が、唸り声を漏らしながら考え込む。狐火の発生により何らかの利益を得る者がいるとすれば、それは誰なのだろうか。

目的として一番に思いつくのは言うまでもなく、警官たちの仕事を妨害することだ。刑事訴訟法にいうところの偽計業務妨害である。

警官に恨みを抱いている者の犯行という線も考えられる。そうすると安易に陰陽師が犯人ではないとは断言できない。なにしろ今の陰陽寮は内務省の底辺だ。かつては見下していたはずの他部署を、恨みがましい目つきで見上げる立場にあるからだ。

何より、現状における警官と陰陽師の関係性は酷く歪つなものだ。怪事件が起きる度に気軽に呼びつけてくる彼らを、忌々し気に眺める者が存在していることも事実。

だから確かに道理は通っているのだが、一度硬直化した場の空気はなかなか元には戻らない。それを気にしてか、やがて彼女は「そうそう」と妙に朗らかな声を辺りに響かせ始めた。

「実はわたしにも経験があるんです。子供の頃、夜中に家の窓から裏山を眺めていたとき、ぽつぽつと火の明かりが見えたんですよね。すわ、山火事かと思い込んで通報したんですが、結局どこにも燃えた形跡は見つからなくて」

「……そんなことあったかい？　うちの裏手に山なんてないし」

思わずといった様子で朔也が口を挟んだ。彼女は「もちろん養女に行った後の話ですよ？」と答え、さらに話を続ける。

「駆けつけてきた大人たちに、悪戯通報だと怒られました。ですけどわたしが泣きながら『本当に見たんだ』と訴えたところ、警官の方がこう仰ったんです。それはきっと狐の仕業だ。狐が何匹も同じ場所に集まると、尻尾が触れ合って静電気が起き、激しく光ることがある。それを見間違えたんだろうって」

「それは本当か？」と晴臣。「そんな現象、見たことも聞いたこともないが」

「嘘だと思います。その場を丸く収めるための、優しい嘘だったのでしょう」

少女は一度そこでにこりとし、

「で、何が言いたいかといいますと、怪火現象なんて意外とありふれたもので、原因だっていろいろだと思うんです。なので、最初から先入観に囚《とら》われるのはよくないんじゃないかと愚考しました。あらゆる可能性を視野に入れるべきだと」

「…………」

重い沈黙が食堂の一角に落ちる。だが今度は長続きはしなかった。晴臣が糸のように目を細めながら、毒気を抜かれた声でこう返したからだ。

「先ほどの質問に答えよう。陰陽師ならば狐火を再現することは容易《たやす》い。……しかし私は彼らを信じているとも言っておく。だから自然現象と人為的な現象、その両面の可能性を追って欲しい。これは正式な命令だと思ってくれていい」

「はい、承りました。陰陽頭の寛大なお心に感謝を」

「ではお先に失礼するよ」

彼は膳を抱えて席を立つと、そのまま配膳場の方へ向かおうとした。けれど途中で足を止めてくるりと振り返る。

「最後に一つだけ。今後、私に対してそんなふうに萎縮する必要はない。部下の苦言程度、笑って受け入れる度量はあるつもりだ。だから今後も先入観に囚われず、自由な発想で職務に励んでくれるとありがたい。……君たちを面白く思わない者たちを黙らせるためにもね」

段々と小声になりつつそう告げて、颯爽《さっそう》とした足取りで立ち去っていった。

彼の背中が十分に遠ざかった後で、朔也は脱力しながら大きく息を吐く。

「……一時はどうなることかと思ったよ」

「ですが必要なことです。いざ犯人を捕まえたときに、いきなり陰陽師だと知らされるよりは余程マシかと思います」

彼女の言葉にも一理ある。晴臣は当初、『発生原因を調べて欲しい』と口にした。あの発言のニュアンスから考えるに、ほぼ自然現象だと思い込んでいたに違いない。ただし諸手を挙げて賛同する気にもなれなかった。その推理には前提知識が欠けていると思われたからだ。

「正直に言うと僕も、陰陽師がそんな悪戯をするとは思えない」

「それは何故ですか？」

「やってもまったく得をしないからだ。いいかい？」

かつてより権勢が衰えたとはいえ、陰陽師は未だ国家官僚の地位にある。俸給だってかなりの額をもらっているはずだし、新規採用時の倍率も高い。

「裕福な家に生まれただけでなく、物心がつく前からひたすら勉学に励み、二十歳を超えてようやく念願の陰陽師の身分を手に入れた……そういう人が大半だ。なのに職を失う危険を冒してまでやるかっていうと」

「お兄様の言うこともわかりますが、人間という生き物は時に、まるで理に合わない馬鹿げた行動をとることもあるんです」

その幼げな容貌には見合わない、やけに含蓄《がんちく》のある言葉を口にして、彼女は朔也の前に置かれた膳の上に視線を落とした。

「もったいないので早く食べちゃってください。午後は忙しくなりそうですから」

「わかっているよ。少しだけ待ってくれ」

急《せ》かされたので素早く箸を動かし、料理を片っ端から口に詰め込んでいく。軍隊には「早飯早糞《ぐそ》芸のうち」などという格言があり、そこで青春時代を過ごした彼もしっかりその考え方に染まっていた。だから実は得意分野なのだ。

彼女が下げ膳を終えて戻ってくる頃にはすっかり食べ終えており、一度手を合わせて「ごちそうさま」と呟くと、入れ替わるように配膳場へと向かって歩いていく。

そのすれ違いざまに、こんな言葉を交わした。

「まずはどう動く？」

「とりあえずは資料室に直行ですね。直近に発生した狐火の記録を調べて……あとはやっぱり、結界通報の仕組みをもっと詳しく知りたいです。どこかに暇を持て余した術師の方が転がっていませんかね？」

資料室での調べものについてはつつがなく終えることができた。ただし、結界術師から話を訊くことはできなかった。誰も彼もが「忙しい」の一点張りで、職務以外のことに時間をとられたくない様子であった。

こうなるともはや所属長を頼るしかない。昼食時の一件があったせいでやや気まずくは感じられたものの、晴臣に相談してみたところとんとん拍子に話が進んだ。

そして現在はというと、

「――以上が、画期的通報機構である結界通報の詳細である」

演壇に立った若手陰陽師が朗々とした語りを響かせている。随分と講演慣れしているらしく、抑揚豊かな語り口には人の意識を惹きつける魅力があり、要点整理された簡潔な説明は抵抗なく耳に入ってきた。

しかし内容は問題だった。はっきり言って自慢話に近い。陰陽師が構築した結界通報の仕組みが如何に素晴らしく、如何に国民の生活を支えているかということを、聞き飽きるほど何度も何度も繰り返していた。

当初は朔也たちだけがこの講習を受ける予定だったのだが、せっかくの機会だからと晴臣が希望者を募ったせいで、講堂内の席が半分ほど埋まっている。つまりそれだけ被害者数が増えたということだ。

受講者の態度もどんどん悪化してきている。話し始めて十分ほどはみな真面目に聞いていたのだが、次第によそ見をしたり、隣の席の者と私語を交わしたり、机に覆いかぶさるような姿勢になって寝息を立て始めたり。

それどころか持参した水筒を開けて堂々とお茶を飲み出したり、煙草《たばこ》を吸ってくると言い残して勝手に席を離れた者もいた。

とはいえどれだけ時間が経っても姿勢が崩れない者もいる。最前列の席に陣取った警官たちは、みな興味深げにうなずきを返しながら講義を聴いていた。

「少々質問があるのだが、いいだろうか」

弁者が一息ついた機を見計らったように、一人の男性が手を挙げた。

「どうぞ」と促されたところで、年嵩《としかさ》の警官は席を立って背筋を伸ばす。

誰あろう、桜田警部である。室内のため制帽を着用していないのだが、そのせいで油で撫《な》でつけて形作ったらしい髪型が露わになっている。どこか黒い大型船の威容を思わせるような形状だ。

「り、リーゼント……。絶滅危惧種の……」

という微《かす》かな呟きが朔也の耳に届いた。すぐ隣の席の彼女が発した言葉のようだが、その意味するところはよくわからない。

「警保寮の桜田だ。結界通報の仕組みについて大まかな話は理解した。いや、素晴らしいものだと思う。陰陽師の方々の知見には大いに感服したところだが……どの部署も忙しいこの時期に、改めてこういった講演をする意図とはどんなものか」

今さら説明することでもないが、警保寮の職員は一般的に〝警官〟と呼ばれている。

彼らは地域の保安を役割とし、犯罪捜査やそれにまつわる各種注意喚起だけでなく、火事が起きた際の消防活動をも担っているため多忙を極めていた。特徴的な黒の制服に身を包み、腰のサーベルを揺らして精力的に巡回している姿をよく見かける。

そんな桜田が抱いた懸念の正体に見当がついたのか、弁者——袴田《はかまだ》と名乗った陰陽師は表情を変えずに「貴殿の言わんとすることもわかる」と答えた。

「諸君も既に承知のことと思うが、我らは先日、かねてからの悲願であった識神召喚に成功した。そしてその、知恵の神たる識神様が仰られたのだ。結界通報の仕組みについて、今一度みなが熟知する必要があると」

嘘である。正しくは識神の宿主が、「結界通報についてもっと詳しく知りたいな」と口にしただけだ。晴臣が意図的に情報を捻じ曲げたのかもしれない。

「識神様の手腕に関しちゃ、おれも目の当たりにしたがね」と桜田。「まあ結界通報の仕組みを知ること自体は有意義だ。だからここまで黙って聞いていたが、やっぱり疑問は残るな。実際に結界通報を受けるのは陰陽師だ。おれたちは連絡を受けてから各地の屯所にそのまま流すだけ。仕組みを知っている必要はあるのかね」

「私個人としては、みなが当然のごとく把握しておくべき知識だと思うが……。懐疑が拭えぬというのであれば講師交代といこう。望月陰陽得業生《とくごうしょう》」

「んげっ」

心の準備ができていなかったらしい。彼女は一度踏みつけられたような声を上げた後に、おずおずとした所作で席を立った。ちなみに陰陽得業生とは、彼女に与えられた身分の名称である。

戸惑いを前面に出したまま登壇すると、目を泳がせながらやがて口を開く。

「その、ご紹介にあずかりました望月です。一応先日、識神様を神降ろししまして」

「河童の事件では世話になったな」と桜田。「嬢ちゃんが質問に答えてくれるのか？」

「ええと、はい……。わたしでわかることであれば、何でもお答えします」

「そうか。いや、何度も口にするほど大した話でもないんだが」

相手が年若い娘と見てか、普段よりも柔らかい口調を心掛けているように思える。

「おれたちがここへ呼ばれた理由が知りたいんだ。識神様の計らいだって言うんなら、そろそろ本題に入っちゃくれねえか。ちょっと仕事が溜《た》まっててな」

「はぁ……。それではお答えしますが、わたしは今、狐火現象について調べているところなんです。この講習に警官のみなさんを呼んだのは陰陽頭ですが、ちょうどいい機会かもしれません。狐火についてどう思われますか？」

「狐火だって……？　いや、どうもこうも」

桜田にとっても予想外の返答だったようで、彼は腕を組みながら首を捻じ曲げた。

「珍しいといやぁ珍しいし、よくある話といやぁよくある話。そんな印象だな。確かにここ数年、増えてきてる印象はあるが」

「警官に対する嫌がらせの可能性はありませんか？　誰かに恨まれているとか」

「嫌がらせねぇ」顎の無精髭《ぶしょうひげ》を掻《か》きながら答える。「そりゃ心当たりならたんまりとあるさ。悪党どもには恨みを買っているだろうよ」

「消防部門に限定すればどうです？　警官が消防の仕事をすることを面白く思わない方はおられませんか？」

「ふうむ……。まあそれについても思うところはあるよ」

と前置きをして、裏事情を語り始める彼。

消防部門の業務が内務省に移されたのは明治六年のことだが、専門の部署を発足させるべきという声は何故か無視され、最終的には警保寮内の一部署という立ち位置に留まることになったそうだ。

「それ以前は、町火消と呼ばれる民間組織が唯一の消防部隊だった。徳川時代には町奉行の指揮下にあったが、れっきとした自治組織でな。経費は町負担で組員は無報酬。それでも町のために懸命に防火活動を続けていたんだ」

「明治になって国家に組み込まれたのは、そのごく一部なんですよね？」

「ああそうだ。だから実情だけ見れば、ほぼ状況は変わってねぇんだよ。町火消は我々よりもはるかに大人数だし、その勢力範囲も広い。通報を受けて即座に現場に向かったとしても、既に終息していることも少なくない」

「やはり人数差が問題ですか。でもその代わり、警保寮には特別な消火用器具があると聞きますが」

「竜吐水《りゅうどすい》のことか？　用水路に接続して使用する水撒《みずま》き用のポンプだな。川や水路が近くにないと使えねぇぞ」

「そこまで実用的ではないわけですか。うーん、水を操る陰陽術とかないんですかね？　そういうので川の水を汲《く》み上《あ》げて、雨みたいに上空から降らせるとか」

鈴を転がすような声で問いかけると、桜田は「がはは」と笑い返した。

「おれは寡聞《かぶん》にして知らないが、多分そういう術もあるんじゃないか？　いつもお高く留まってなかなか現場に出てこないやつらだ、それくらいできてもらわなければ困る。でも識神様からの依頼なら、喜んで手伝ってくれるんじゃねぇかな」

「——何様のつもりだ。調子に乗るなよ犬っころ」

桜田の煽《あお》り言葉に即座に反応したのは、弁者を務めていた袴田だ。

陰陽寮には服装に関する規定がないようで、彼は作務衣《さむえ》のような軽装を身に纏っていた。そのせいもあるだろうが、顔も体形もひょろりと細長く見える。

「ドサ周りどもにはわからんだろうが、陰陽術には複雑高度な術理があるのだ。大掛かりな術には高価で希少な触媒を必要とするし、複数人での祈禱を数時間行う必要がある。気軽に使えるわけがなかろう」

「ははは、なるほどなぁ。使えないな、本当に」

にやりと口角を上げながら桜田が返す。その表情からして自明だった。彼が今告げた〝使えない〟には二つの意味があったのだとわかる。陰陽術が簡単には使えないという意味と、陰陽師自体が現場では使えないという意味だ。

「なんだと貴様！　言わせておけば！」

馬鹿にされたと察した袴田は瞬時に沸騰する。生まれてこの方、喧嘩《けんか》一つしたこともなさそうな線の細さだが、それと気性の荒さには因果関係がないらしい。

「警官ごときが陰陽師に盾突きおって！　我らがその気になれば貴様らなど」

「鏡を見て出直してくるんだな。昔はどうあれ、今の陰陽寮の立場をわきまえろ」

「黙れ！　おまえたちのような無学無才の輩に、慈悲の心で講義をしてやったというのに……！　すぐに出ていくがいい！」

激昂《げきこう》するあまり地金が出てきた様子の袴田。それでも桜田は堂々とした態度を崩さず、「声を荒らげる前によく考えろ。おまえの言う、無学無才の輩に指摘される前にな。みなおまえの醜態を見ているぞ？」などと言い放つ。

売り言葉に買い言葉。口論はさらに続いていくが、陰陽師と警官を一つの場所に集めたならこうなるのも必然だった。付き合いきれない朔也は視線を上へと向け、講堂の天井部をぼんやりと眺めた。

三角形に組まれた珍しい梁《はり》の構造に、確かな異国情緒を感じる。複雑かつ規則的に木骨が連なるその様は、見る者に幾何学的な美しさを印象付けると同時に建造物としての強固さをも物語っていた。

壁面の多くは真っ白な耐火煉瓦で作られており、演壇の両脇に配置されたステンドグラスが内観にも外観にも彩りを添えている。こういった異国風建築物のほとんどは、海外の文化を取り入れようと躍起になっていた時代に建造されたものだ。

だから思うのである。ことこの講堂における諍いに関しては、警官側に分があるかもしれないと。かつて海外文化の流入に否定的で、黴臭《かびくさ》い因習を守ろうと躍起になっていた陰陽師たちに、偉そうなことを言う資格があるとは思えない。

「術の一つも使えない能無しどもが！　怪異を前に震えるしかない凡俗が、ここぞとばかりにいきり散らしてみっともないことよ！」

「そういう台詞は現場に出てきてから言えよ。おまえのような腐れ青瓢箪《あおびょうたん》、怪事件の現場では一度だって——」

「はいはい。ちょっと訊きたいことを思い出したんですが」

と、そこで冷や水を浴びせたのは彼女だ。柏手《かしわで》を鳴らして強引に口を挟んでいく。

「袴田さんがさっき口にした凡俗というのは、〝見鬼《けんき》〟の才を持ち合わせていないという意味でよろしいでしょうか。結界を抜けられるほど高位の怪異になると、常人の目には映らなくなると聞きました」

「あ？」と青年陰陽師。「……その認識で正しい。霊格の低い怪異は誰にでも見えるが、霊格が高ければ高いほど見え難くなっていく。人を殺せるような力をもったやつらは別格と考えていい」

「なるほど。警官の方々には見えない怪異もいると。桜田警部はその事実をご存じでしたか？」

「そりゃまあ知ってはいるが」

　年端も行かぬ少女に仲裁役をさせてしまったことを申し訳なく思ったのか、渋みのある苦笑を見せながら後ろ頭を掻いて、

「幸運にもと言うべきか、おれはまだお目にかかったことはねぇな。まあ見えねぇんだけどよ」

「そうですか。では再び袴田さんにお訊ねします。あなたは随分と警官を下に見ているようですが、犯罪現場に実際に赴くのは彼らですよね？　そして起きた事件が普通のものか、怪異が関わる怪事件なのかを判断するのも警官の仕事だと聞きます」

「その通りだ。怪事件だと判断されれば陰陽師が出る。怪異を退治できるのは陰陽師だけだからな。だからこちらの立場が警官より上なのは当然で——」

「でも警官の方々には見鬼の力がありません。ならそもそも怪事件かどうかすら判別できないケースがあるのでは？　一目見て怪異の仕業とわかる現場ならばいいでしょうが、巧妙にその痕跡が隠されていたとしたら？」

「馬鹿げた話だ。怪異はそんなせせこましい真似はしない。人間よりも遥かに強大な力を持った存在だぞ？　むしろ誇示するくらいに派手にやるだろうさ」

「そういった現場に臨場した経験がおありで？」

「ない。あるわけがなかろう。私は結界術師だと言ったはずだぞ。結界の綻びを探して補修するという重大な役目が」

「なら陰陽寮全体の姿勢の話ですね。わたしは陰陽師の諸先輩方も、もっと現場に出るべきだと考えています。できれば事件発生直後の初動捜査から参加すべきですよ。桜田さんはそう思いませんか？」

「……まあな。それについては嬢ちゃんの言う通りだが、結局のところ人数の問題がどうしても付きまとう。おれたち警官の数も少ないが、陰陽師はもっと少ないからな。全ての現場に等しく力を注ぐのは現実的じゃねぇだろう」

「では、数さえ揃えば改善できると」

「そりゃそうだが、予算だって無限じゃねぇ。正直言ってな、おれの耳にもあんたの話は理想論に聞こえちまう。識神様がそれを求めていらっしゃるとしても、今のおれらには受け皿を用意できねぇよ」

「数年あれば何とかなりませんか」

「なるとは思えねぇなぁ。……なあ嬢ちゃん、話を脱線させた張本人が言うのも何だがよ、結局これは何の会合なんだ？　狐火現象の話はどうなったよ」

「え？　わたしは徹頭徹尾、そのお話をしているつもりですが」

「……なんだって？」

桜田と袴田が同時に訝し気な呟きを漏らした、その瞬間だった。

「────────！」

けたたましい警報が鳴り響き、その場に居合わせた全員が一斉に息を呑む。

生理的不快感を呼び起こす音である。事件の発生を知らせるサイレンだ。それに続いて伝令室からの通報内容が流れてくる。大規模火災によるものと思われる発煙を、結界が感知したようだ。

「噂をすればってやつだな。おい行くぞ」

周囲にそう呼びかけてから、桜田が速やかな足取りで講堂の出口に向かおうとする。するとが黒い制服の一団が一斉に席を立ち、彼の後に続いて足早に退出していった。

講堂に残された陰陽師たちも幾人かは席を立って出て行った。ただその苦々し気な表情から察するに、居心地が悪くなったこの場所から早く立ち去りたかっただけのようだ。

かくして講演会は解散の運びとなったのだが、朔也にとって問題となるのはこの先の彼女の行動だけである。予想はつくが果たして……。

「ではわたしたちも現場に行きましょうか！　狐火現象の手がかりが摑めるかもしれませんから！」

軽やかな身のこなしで演壇から飛び降りた少女は、浮き立つような足運びでこちらに歩み寄ってきた。案の定というべきか。

開いたばかりの蕾《つぼみ》のごとく、瑞々《みずみず》しい活力と喜びに溢れた顔つきである。一体何がそんなに楽しみなのかと甚だ疑問ではあるが、妹に苦労をかけたと後悔している彼にはその要望を足蹴にするなんてできない。だから溜息交じりに了承を返すと、彼女に先んじて講堂を後にした。

そのまま駐車場を目指して進んでいると、周囲の闇の密度が今までとは違うことに気が付く。天上からしんしんと、真っ黒な煤《すす》が降り注いできているかのようにすら感じられた。

常夜《とこよ》の帝都にもうじき、本当の夜がやってくる。


往来は見渡す限り混雑していた。時間帯のせいか馬車の交通量が多く、帰宅を急ぐ通行人の姿もそこら中に見受けられた。

現在の車の速度はお世辞にも早いとは言えない。下町に入ってから道幅もきゅうと狭まり、普段よりも慎重なハンドル捌《さば》きを要求されるようになった。

ただ救いとなったのは、目的地がそれほど遠くはなさそうだという事実だ。天へと立ち上る黒煙は、ここからでもはっきりと視認できている。さすがにあれが狐火だという可能性はないだろう。空振りではなさそうだ。

何度もホーンを鳴らしては道を譲るように促し、アクセルを踏んだり離したりして、朔也はじりじりと現場との距離を詰めていく。

するとややあって、密集した建造物の隙間に火の手が見えた。凄《すさ》まじい勢いで火の粉を吐き出しながら、業火が夜闇を赤く染め上げている。

いくつもの帯状の炎が連なり合って狂奔しているようだ。まるで炎の津波である。だというのに、多くの野次馬が遠巻きに現場を取り囲んでいた。喜色に満ちた彼らの顔つきが、他人の不幸は何よりの娯楽だと物語っている。

「埒《らち》があきませんね。先に行きます」

牛歩でタイヤを進めるうちに、彼女は勝手にドアを開けて車を飛び出してしまった。確かに歩いた方が早そうではあるが、道の真ん中に公用車を放置するわけにはいかない。朔也は焦る。

「くそっ、どいてくれ！」

窓から大声を飛ばし、通行人に警告を繰り返した結果、どうにか車を道の端まで寄せることに成功した。

入念に施錠をしてから先行した少女の後を追っていくと——

「あんた、何してんの！」

甲高い叫び声が聞こえ、嫌な予感とともにそちらに目を向けてみれば、やはり中心にいるのは彼女である。

どういう経緯があったかは判然としないが、巫女装束を着た少女が町火消の胸元に摑みかかっているようだ。

黒字に赤が配された半纏を着た男は動きを止め、眼下の少女に怪訝《けげん》そうな顔を向けるが……仕事の邪魔をされてはかなわないと判断したのか、すぐさま振り払うための動作に移行した。

「何だてめぇは！　女子供はすっ込んでろ！」

体を捻って彼女の手を解くと、何の躊躇も見せぬまま、その腹部に向けていきなり前蹴りを放った。

すると、どんっ、と宮太鼓《みやだいこ》のような重低音を響かせて少女が吹っ飛ぶ。

まったくもって容赦の欠片もない、過剰極まりない暴力だった。卵を割るのに金槌《かなづち》を持ち出すようなものだ。その証拠に彼女の小さな体はなす術もなく宙を舞い、背中から地べたに着地しただけではその勢いを殺せず、砂煙に巻かれながら離れた場所まで転がっていく。

「おいこらクソガキぃ！」男が追い打ちのごとく怒号を響かせた。「火消の妨害をするなんざどういう了見だ！　次に同じことしたら叩っ殺して——」

その汚らしい言葉を最後まで聞くことなく、朔也は前のめりに地面を蹴っていた。

妹が足蹴にされた瞬間を目の当たりにしたことで、理性のタガが一気に外れてしまったのだろう。たちまち憤怒の形相になって、

「貴様ぁっ！」

咆哮《ほうこう》じみた声を上げ、相手の襟元を両手で締め上げると、そのままの勢いで家屋の壁に叩きつける。

「ぐっ！　なんだクソッ！　やんのかこら！」

すぐさま反撃に転じた男と揉《も》み合《あ》いになったが、一対一なら負けはしない。軍人である朔也にはその自負もあったのだろうが、異常事態に気付いた他の火消たちが助勢に回ったことで、形勢が大きく傾いてしまう。

火事と喧嘩は下町の華、なんて言葉があるそうだが、どの火消もさすがに腕っぷしが強く、鎧袖一触《がいしゅういっしょく》というわけにはいかなかった。

たちまち四方を囲まれてしまった後には、殴られ、蹴られ、踏みつけられ、抱え上げられ投げ飛ばされた。あまりにも一方的な展開だ。

いいぞ！　やれ！　そこだ！　などと野次馬から歓声が上がり始める。その背景ではまだ激しく炎が燃え盛っており、家屋から焼け出された被害者たちが虚《うつ》ろな目で眺めているというのに、まるで斟酌《しんしゃく》する様子もない。いいご身分だ。

「……負けて、なるものか」

何度倒れても立ち上がり、彼らに挑み続けた朔也だったが、結局は数の暴力に膝を屈する形となった。体力的にはまだ戦えたのだろうが、打撃を受けた場所が悪かったようで、途中から目の焦点が合わなくなっていた。

それが脳震盪《のうしんとう》の兆候だったらしい。ぱたりと地面に倒れ伏した彼に向けて、勝利を確信した町火消の一人がぺっと唾を吐きかける。それから何事もなかったかのように消火活動に戻っていった。

ややあって誰かが防火用水を頭からかぶり、今にも燃え落ちそうな家屋に飛び込んでいくと、また大きな歓声が上がる。

屋根の上で大きな幟《のぼり》――纏《まとい》と呼ばれる機具を振り回す者もいた。砂金のような火の粉が舞い上がる中、白い馬簾《ばれん》が宙に踊ると、火消たちが一斉に声を轟《とどろ》かせる。あれには士気高揚と縄張りを示す効果があるようだ。

あたかも祭囃子《ばやし》の一団がやってきたような賑《にぎ》やかさで、悲喜こもごもの全てを巻き込みながら、喧噪《けんそう》とともに夜は更けていく。

けれども意識を刈り取られた朔也の耳には、もう何一つとして届いてはいない。

彼の傍らでその身を案じ、悲痛な呼びかけを繰り返す少女の声さえも。

◇

「──しっかりしてください！　おーい、聞こえますかぁ⁉」

ようやくだ。気絶した朔也の体を引き摺り、路地裏までやってくるのは本当に大変だった。わたしは肩を回しながら「ふう」と息をつく。

望月詠美の体には力がなさすぎる。それを今ほど恨めしく思ったことはない。

「元の世界だったら完全に過剰防衛だったよね。まったく……」

呟きつつ彼の外傷を確認してみる。左の目尻と唇の端が切れていて、怪我の割には出血が酷い。あとは後頭部に小さなたんこぶができているようだが、状況から見るにこちらが意識消失の原因だろうか。

とはいえ素人目には判断がつかない。脳血管の異常という線も捨てきれないし、後《のち》に障害が残る可能性もある。ここは一つ、禁じ手を使うとしよう。

「ねえ逢魔、いるんでしょう？　お兄様を診てあげてくれる？」

わたしは路地の暗がりに向けて、低く抑えた声でそう呼びかけた。

するとほどなくして、仄かに白い、繭《まゆ》状の光が闇に浮かび上がってくるのがわかる。

やがてのっそりと歩み出てきたのは、銀に近い白毛を纏う四本足の獣だ。

彼はその巨体を左右に揺らしながら近付いてくると、わたしの正面まで回り込んできて、地面にすとんと腰を下ろした。

「ふむ……。この程度ならば大した怪我ではない。放っておけばそのうち目が醒《さ》めるだろう。案ずるには及ばない」

「本当に？　ならいいんだけど、あなた治療術とか使えないの？　陰陽道にはそういう術もあるらしいじゃない。ささっと怪我を治してよ」

「生憎《あいにく》治癒の力は持ち合わせておらん。これまで特に必要性を感じなかったからな。だが霊魂の状態を見れば死にかけているかどうかはわかる」

「そっか。でも近くで見てたなら止めてくれてもよくない？　こうなる前に」

「止めて良かったのか？　おぬしは事あるごとに言っておるではないか。人前で余計なことをするな、喋るな、視界を遮《さえぎ》るなと。酷く邪険な態度でな」

「緊急時は別だよ。そこは融通を利かせてよ」

でも言われてみればわたしの方にも非があった。以前、他の人がいるときに彼から話しかけられ、邪魔に感じたので「しっしっ」と追い払った記憶がある。

ただしその根本原因は、彼の規格外さにあると思う。

「やっぱりお兄様にもあなたの姿、見えてないみたいね。陰陽頭も駄目だったし」

「だから何度も言っておるだろうが。妖怪などとは神格の高さが違うのだと」

偉ぶった態度で発言しつつ、自慢げに鼻を鳴らす白銀の狼《おおかみ》。

「我のような気高い神獣の姿が、只人《ただびと》ごときの目に映ることなど有り得ぬ。どれほど才に恵まれた陰陽師であっても同じだ。契約を交わしたおぬしのみが視認できるのだ。光栄に思うがよい」

「はいはい、凄《すご》いですねぇそれは。気高い気高い」

とりあえず朔也の容態については神様のお墨付きが得られた。それでよしとしよう。安堵しながら手拭いを取り出し、傷口の上に軽く押し当てる。

そうして改めて観察してみると、薄々気付いてはいたが、とんでもなく端正な容姿の青年である。あちらの世界ではついぞ目にしたことがないレベルだ。

一見、まるで飾り気のない短髪男子ではあるが、軍人の精悍《せいかん》さの中に少年の透明感が内包されていて、目鼻立ちはきりりとしているのに眼差しだけが優しい。毎日手入れを欠かしていないかのごとく肌も綺麗だ。

ちなみに彼の妹であるというこの体――詠美の容姿も、鏡で見た限りはとても可憐《かれん》で儚《はかな》げだった。頬の下にもう少しお肉が付きさえすれば、どこに出しても恥ずかしくない美少女になると思う。

「――で、おぬしはなにゆえ火消に挑みかかったのだ？」

逢魔が鼻先を近付けてきて、咎《とが》めるような厳しい声を放った。

「その頭には糠《ぬか》みそでも詰まっているのか？　いつになったら詠美の体に慣れるのだ。そやつの心配をしている場合ではあるまい。さすがに肝が冷えたぞ」

「勝てると思っていたわけじゃないよ。一言言ってやろうとしただけ。だってわたしの世界では、火事場《かじば》泥棒《どろぼう》は重罪なんだよ？」

先程目にした町火消たちの懐はみな、子連れのカンガルーみたいに膨らんでいた。つまり彼らは鎮火作業をしつつも家屋内を物色し、金目のものを盗み取っていたのである。これは許されざる行為だ。

「あとで被害者に返すのかとも思ったけど、そんな素振り微塵もなかったし。せっせと籠の中に仕舞いながらニヤけ面《づら》してたし」

「おぬしの世界では重罪なのやもしれん。だがこちらでは違う。火消は若者たちの憧れの職業らしいぞ。高収入で安定しており腕っぷしも強いからな。それに、彼奴《きやつ》らが火を消さねばどうせ燃え尽きていたものだ。持っていっても別によかろう？」

「いいわけないじゃない！　人々の公益を守る仕事には、高い倫理観と使命感が必要とされるの。でないといつか公正さを見失って、利益のために命を取捨選択するようになる。彼らだって同じだよ。防火性の高い建材が使われるようになれば火事が減り、収入に困ったら自分で火をつけるようになるよ？　報酬目当てじゃ駄目なんだよ」

「その辺りは弁《わきま》えていると思うがな。火消は縄張り意識が強く、他地域での活動は許しておらん。互いに監視し合っている状態にあるゆえ、最低限の節度は保たれている。現場に警官が現れた後には盗みはしない、という規律もあるようだ。それでも火付けをする者が出たならその都度裁けばよい。放火は死刑だ。すぐにいなくなる」

「そこを重罪にしてバランスをとっているのか……。だとしても健全じゃない。犯罪を未然に防ぐには、抜け道を虱潰《しらみつぶ》しにするような法整備が必要で」

「あれは彼奴らにとって宝探しのようなものだ。さぞ射幸心を煽られるのだろうな。だから町火消のなり手は途切れぬし、人数を多く動員できる。そのためどこで火事が起きても迅速に駆けつけ、素早く鎮火し被害は最小限となる。つまり」

「必要悪だから見過ごせってこと？　彼らのモチベーションを支えるには、大っぴらに泥棒するための免罪符が必要だから？　何なのこの世界！」

さすがに幻滅である。最悪の形でカルチャーギャップを実感してしまった。

わたしが見たところ、この異世界の文明水準は日本の明治後半から大正時代辺りに該当すると思う。こちらの暦でも、今年が明治三十九年らしいのでぴったりだ。

だから当初は別の世界に連れてこられたのではなく、タイムスリップしたと思い込んでいたくらいなのだが……程なくして違和感に気付いた。いつまで経っても夜は明けないし、人と話せば巫女だ陰陽師だ結界だ怪異だと、やたらスピリチュアルな単語が頻出するからだ。

つまり元の世界とは完全に別物。しかし似通った世界ではある。だって言葉は普通に通じるし、歴史上の偉人の名前にも共通項が多く見受けられた。史書にはあの安倍晴明だって出てくるのだ。

二つの世界は途中まで同一のものだったのかもしれない。でも何らかの技術的特異点――シンギュラリティが発生し、それにより分岐した並行世界だと捉えるのが自然ではないか。わたしはいつしかそう考えるようになっていた。

「……というか、どう見てもあれが原因なんだよなぁ」

怒り疲れて頭が痛くなってきた。ちょっと冷静になるべきかと、頭上に広がる暗幕のような夜空を見上げながら呟く。

「ねえ逢魔。わたしやっぱり騙《だま》されてる？」

「何を藪《やぶ》から棒に。本格的に焼きが回ってきたか？」

「火災現場だけに……ってうるさいよ！　そうじゃなくてあの結界だよ。結界のせいで常に夜みたいに真っ暗じゃない。ってことは常夜。つまりこの世界は〝常世《とこよ》〟なんだよね？」

常世とは永遠に変わらない常なる世界を言い表す言葉だ。ようするに死後の世界のことである。

黄泉《よみ》の国とも同一視され、常に夜の世界であると謂われていたり、海の底に築かれた理想郷だという伝承もある。

「最初に会ったときにあなたが言ってたこと、全部嘘じゃん。死後の世界じゃんここ。浦島太郎が行った竜宮城も常世なんだっけ？　そのうち生き返らせてやるとか言ってたくせにこれじゃダメでしょ。生き返ってもわたし、おばあちゃんじゃない。蘇生《そせい》してすぐに老衰で死ぬっていうトラップ？」

「案ずるでない。こちらとあちらに時間軸のずれなどない。暦を見ればわかるだろう。あちらが八月ならこちらも八月だ。結界のせいで薄暗いのもこの街だけよ。郊外に出ればあちらと変わらぬ。毎日夜明けもやってくる」

「本当にぃ？　本当に騙してない？　なんか胡散臭《うさんくさ》いんだけど」

「神獣たる我を疑うとは何たる不遜。おぬしの方こそ契約を違える気ではなかろうな。

先ほどのような真似は二度とするなよ？　不履行になりかねんぞ」

きっ、と目つきを尖らせながら歯を剝《む》き出《だ》し、唸り声を上げて威嚇してくる彼。

怒られるのは釈然としないが、この体を危険に晒した件についてはわたしが悪い。

あはは、と一度愛想笑いを浮かべたが誤魔化せそうになく、やがて「ごめんなさい」と素直に謝った。

彼が以前に提示した、元の世界にわたしを戻すための条件はたった一つ。

望月詠美を助けること。それだけだ。

だから虚弱体質の体で荒事なんて論外なのである。逢魔も本心からわたしを――というより詠美の身を案じているらしい。

契約内容を要約すると、わたしが詠美の体を借りてこの世界で暮らし、彼女の抱えている問題が解決すれば蘇生してやる。ざっくり言えばそんな感じだ。

「――あっそうだ！　そういえばさっき、こんなものを手に入れたんだけど」

逢魔が説教モードに入りかけていると察したわたしは、袖元から一枚の紙片を取り出して彼の鼻先に突きつけた。

実はこれ、さっき火消と揉み合った際に、相手の懐から零《こぼ》れ落《お》ちたものなのだ。

七夕祭りで使われる短冊のような大きさの紙片であるが、火災の熱に炙《あぶ》られたためか、端の方がやや焦げて変色している。

「……ぬ？　微かに力を感じるな。陰陽師の使う霊符《れいふ》に相違あるまい。家屋に貼られていたなら鎮宅霊符か？　いや、刻まれた術式からすると伝令符であろうな」

「すぐにわかるなんてさすがお目が高い！　神獣様万歳！　伝令符って何ですか？」

「ご機嫌取りにしては雑過ぎる。そろそろ噛《か》むぞ？　……まあいい、伝令符とは鳥の式《しき》を飛ばすための霊符でな。霊力を込めて念じれば白鷺《しらさぎ》の姿に変じて空を駆け、遠方の相手に文を届ける。まあこの時代の陰陽師が使ったところで、文鳥程度を飛ばすのが関の山だろうが」

「ほほう、こんな紙切れが鳥にねえ。……これ、誰が誰に向けて送ったものかわからない？　何を伝えようとしたのかも知りたいんだけど」

「完全な状態ならば判別できたやも知れぬが、今は無理だ」

白狼《はくろう》は毛むくじゃらの手を伸ばしてきて、爪の先でちょいと霊符の端を突く。

「この黒ずんだ部分を見よ。火事のせいなどではないぞ。用が済めば機能を失うように術式が組まれていたのだ。最初からな」

「隠蔽工作まで自由自在ってことか。メッセージを伝えたら自動的に消滅するとか、どこのスパイ映画だって話だよね。ちょっと陰陽術を舐《な》めてたかもしれない」

「自由自在などではないぞ。様々な制限があるのだ。よいか？ そもそも霊符は一枚で単独使用するものではない。安倍晴明とやらが作り出した退魔の霊符も七十二枚の霊符を組み合わせたもので――」

などと、訊いてもいないのに余計な蘊蓄《うんちく》を語り出したため閉口した。

最近になってわかってきたが、逢魔は意外と話し好きである。多分、神格とやらが高すぎるせいで孤高の存在だったので、話し相手に恵まれなかったに違いない。文字通り一匹狼《いっぴきおおかみ》というやつだ。

なので、彼が機嫌よく話し始めたら黙って耳を傾けてやることにしていた。その方が円滑にコミュニケーションを深められるし、他愛のない雑談にこそ重要な情報が隠されていたりもするからだ。

というのも、実を言うとわたしはまだ、逢魔のことを完全に信用してはいないのである。頭の隅に何かが引っかかっているからなのだが、自分でもよくわからない。

だからこういった機会は大歓迎だ。異なる世界の知識が新鮮で面白いのも事実であるし、相互理解の第一歩は相手を知る機会を増やすことだ。

彼の豊かな毛並みにそっと触れながら、しばし落ち着いた時間を過ごす。

そうしているうちに口から欠伸が漏れ、耐え難い眠気が押し寄せてくると、火災現場の喧噪が徐々に遠ざかっていくように感じられ……。

「——おおっ？　識神の嬢ちゃん、こんなとこにいたのかい」

やがてふと、わたしを呼ぶ快活な声が耳に届いた。

座ったまま首だけ後ろに振り向いてみると、街灯が青白く照らし出す建物の陰に、半纏を着た青年が立っているのがわかる。

彼こそは河童怪死事件の際に出会った火消——川端一家の雅次郎に相違ない。

「鎮火作業は終わったぞ。いやぁおいらの活躍、あんたにも見せつけたかったぜ」

「先日ぶりです、雅次郎さん。消火活動に協力してくれたんですか？」

「そりゃあな。うちの一家は一応、消防組の外部協力員って扱いになってるからよ。その立場のおかげでいろいろお目こぼししてもらってる部分もあるんでな」

癒着ではないか、と思ったが口には出さない。警保寮の消防組は常に人手不足だと聞いている。専門外の警官隊がバケツを振り回してることも多いのだとか。だから彼らの助力を受けられなくなると困るのだろう。

「そういえば川端一家はみなさん、水神の末裔という話でしたよね。水流を操る異能を持っているとお聞きしましたが」

「おうよ。だから今回も用水路に竜吐水を置いてよ、一気に水を汲み上げて雨みたいに降らせてやったってわけだ。普通の火消にゃ真似できねぇだろうな、ははは」

口尻の少し先にえくぼを浮かべ、爽やかに笑う彼。自慢話なのにまったく嫌みを感じさせないところが某袴田とは違う。その消火風景はさぞや壮観だったに違いない。

「他の町火消の方々はどうされてます？」

「荷物を抱えてほくほく顔で帰ってったな。ああいうのは下品でいけねぇ。うちの組みたいに仁義を重んじるとこばかりじゃねぇからなぁ……。あ、そんで話は変わるんだけどよ。桜田の旦那が、識神様にご意見伺いをお願いできねぇかって」

「それって……火事になった原因を調べてくれってことですか」

らしいぜ、と雅次郎は答え、「できれば召喚はおいらたちが帰ったあとにしてくれ」と続ける。どうも無理やり採血したときの記憶がトラウマ化しているらしい。

そこで少し逡巡《しゅんじゅん》した。出火原因を調査すること自体は構わない。むしろ「望むところだ」と二つ返事で請け負いたい気持ちではあるが、そうもいかない事情がある。

今のわたしはまだ、朔也の頭を膝枕している状態なのだ。彼をこの場に放置しては行けない。どうしたものかと考えていると、

「なるほどな。その軍人さんの介抱で手が離せねぇのか。なら任せとけ！」

彼は小気味よく言い放つと、素早い動作で歩み寄ってきて朔也の腕を取り、右脇に

潜り込むようにして体重を支え、そのまますっさと表通りに戻っていった。

あまりの手際の良さに呆然と背中を見送ってしまうが、どうやら後顧の憂いはなくなったらしい。

「……うん、といったわけで逢魔。わたし、行ってくるから」

「ほどほどにな。まあおぬしに自重ができぬことはもう承知しているが」

白い目で見つめてくる彼には微笑を返し、巫女装束に付着した土を払いながら颯爽と立ち上がる。ここから先は捜査の時間だ。気を引き締めていこう。

俄《にわ》かに沸き立った感情の昂《たか》ぶりを抑えきれず、衝動に衝《つ》き動《うご》かされるままに進んでいったその先で、わたしは思いがけぬ光景を目にすることになった。

全焼だ。ほぼ焼け野原ではないか。黒ずんだ瓦礫《がれき》が積み重なり、立ち上る煙と共に焦げ臭さを漂わせるその一帯には、もはや人の営みの面影すら残されてはいない。

風が吹くたびに粉雪のごとく舞う白い灰たちも、帰る場所を見失ってしまったようにふらふら彷徨《さまよ》っており、どこか所在なさげという印象だった。

「これは酷い。近年稀に見る惨状だよ……」

世間の誤解を恐れずに言えば、わたしは現場が好きだ。大好きと言っていい。

殺しの現場が好きだ。火事の現場が好きだ。窃盗の現場が好きだ。爆弾でめちゃくちゃになった現場も好きだし、ありふれた交通事故現場だって楽しくこなせる方だ。けれど誰かの泣き声が聞こえる現場は苦手だ。強姦《ごうかん》被害者の悲痛な嘆きは何度聞いても慣れない。労災事故で機械に利き腕を巻き込まれた青年が画家を目指していたと聞いたときには心が落ち込んだ。首吊《くびつ》り死体に縋《すが》りついて「ママ、お腹減ったよ」と呼びかける子供の背中を見た後は一週間くらい仕事が手につかなかった。

そして見たところ、今回もその類の現場らしい。

「――うあああぁあん。あああぁん」

一番燃え方が酷かった建物は完全に燃え尽きており、もはや炭と灰しかその場に残されてはいなかった。視界の全てがモノクロ二階調で表現できそうなくらいだ。

それだけでも最悪なのだが、もっと辛いのは近くの道端で五歳くらいの女児が号泣していることだ。辺り一面に響き渡るほどの声量である。まるでこの世の終わりを目の当たりにしたかのようだ。

隣で立ち尽くす女性はきっと、女児の母親なのだろうが……。そちらはもう宥めることを諦めたのか、それとも精神的に余裕がないのか、消し炭になった家をただ呆然と眺めるばかりだった。何の光も宿らない虚ろな瞳で。

「……悪い、嬢ちゃん」

そこへちょうど桜田がやってきた。

「なるべく急いで出火原因を調べちゃくれねえか？　少々込み入った事情があってな。まだ怪事件かどうかもわからねぇのに、嬢ちゃんを頼るのは筋違いなんだろうが」

彼は口元を隠しながら前屈《まえかが》みになる。どうやら内密に話したいことがあるらしい。

わたしが片耳をそちらに寄せていくと、

「燃えたのは割烹《かっぽう》料理屋だ。この辺りでは結構有名な店らしいんだが、軍部のお偉いさんにお得意様がいるとかでよ。店主がかなり面倒くさそうな老人で」

「被害者にせっつかれたんですね。まあそういうこともあります。承りました」

「助かる。人手が必要ならその辺の警官に声をかけてくれ」

彼はそれだけを口にし、忙しそうに踵を返すと来た方向に戻っていった。現場責任者として件の店主に対応するつもりなのだろう。人当たりのいい桜田ならうまくやってくれるに違いない。

わたしは初対面の人と話すのがとても苦手なのだが、彼とは最初からスムーズに接することができた。多分、元の職場であああいう雰囲気の人に慣れていたせいだと思う。何だか懐かしさすら感じるくらいだ。

一番面倒な仕事を買って出た彼に感謝の念を捧げつつ、わたしは近くにいた制服警官に声をかけた。桜田との会話が聞こえていたはずだからだ。

「あのう、すみません。聞き込み調査を手伝ってください。識神様はこう仰られています。被害者と野次馬から目撃証言を集めよ、と。最初に火が見えたのはどの辺りか、その近辺で不審な人物を見なかったか、負傷者はどの程度いるのか」

放火犯は火つけ時に火傷《やけど》を負うことも多い。だから目撃者の外見もしっかり確認して欲しいとお願いしてから送り出す。よし、やはり警官が相手なら初対面でも緊張しないようだ。

また別の警官を呼び止めると、「どこか高所に登って現場の全体像を確認し、可能ならカメラで撮影して欲しい」と依頼する。

それから火事現場周辺を一回りしてみると、燃えた家屋群の詳細な配置がわかった。どうも江戸時代に流行ったという、表店《おもてだな》と裏長屋《うらながや》の構成に酷似しているみたいだ。

表の大通りにはいくつもの商店が立ち並んでいるが、その裏手には簡素な長屋造りの小屋が建てられている。それらは主に従業員寮として使われているようだが、状況から見るに出火元は長屋の一棟《ひとむね》らしい。

「ここには何人くらいの人が住んでおられたと思います？」

さらに一人の警官を目に留めて、わたしは訊ねた。折り目正しい制服に身を包んだ、まだまだ駆け出しといった雰囲気の青年だ。

「最低でも二十人以上でしょう。背中合わせに作られた二つの部屋が、横に五つほど隣り合っているのが普通です。だから全部で十軒になります」

「詳しいですね。中の構造はわかりますか？」

「入口の両隣に土間と台所があります。台所には煮炊き用の竈《かまど》と料理台が備え付けてあるのが一般的ですね。井戸や厠《かわや》は共用であちらに。水路を挟んだあちらの長屋とも共同で使用してると思われます」

「あっちの長屋は多少焦げてますけど無事ですね。でも表のお店の方は……」

紛れもなく全焼である。在りし日の人気割烹料理店は、長屋よりも余程しっかりした造りだったはずなのに、今や無残な瓦礫の山と化していた。

火消が柱を内側に向けて引き倒したからだろう。こういう延焼防止法も昔はあったと聞くが、あまりに惨《むご》い。消火活動の水準に関しては、元の世界の同時期に比べても遅れているような気がする。

「しかし長屋と表店の間にはかなりの距離がありますよね。これって怪異が関わっているのでは……」

と若手警官が訊ねてきた。わたしは首を左右に振ってから答える。

「炎が高く上がり、それが強風に煽られればこの程度は届きますよ」

火災発生の際、延焼が起きる範囲は一階建ての建築物で三メートル。二階建てでは五メートルといわれている。長屋から立ち上った炎が料理店の二階部分を焙《あぶ》ったと考えれば十分にありえる距離だ。

熱気流に巻き上げられた火の粉による〝飛び火〟の可能性まで視野に入れるなら、風下二百メートルまでは危険域になる。驚くには当たらない。

「この火事に怪異は一切関わっていない、とわたしは考えています」

「ですが火種になるものも見当たりません。識神様に確認していただくことは……」

「まあそれはともかく、早速出火原因の特定を始めてしまいましょう！」

警官はまだ納得していない様子だったが、勢いで押し流してしまうことにする。

「いいですか？　火災現場では一般的に、最も強く焼けた場所が最も早く燃え始めた場所だと判断されます。どこよりも長く燃焼し続けたから、一番酷く焼けているわけです。なのでこちらの長屋が出火元であることは、ほぼ疑う余地がありません」

建材の防火性の差も考慮すべきだろうが、それでも長屋の柱にはくっきりと痕跡が残されていた。炎が垂直方向へと燃え広がった様子がしっかり確認できるのだ。

風のない屋内では火の手は直上に向かう。他から延焼したわけではなく室内から火が出た証拠だ。つまり今わたしたちがいる長屋跡地が火元と見て間違いない。

「弱い焼け具合から強い焼け具合へと水平方向に辿《たど》っていけば、精密に出火地点を調べることができます。……見てください。この焼け落ちた材木ですが、外側は真っ黒焦げですけど芯の部分は白いまま。ちょっと削ればわかりますよね？」

「本当ですね。では出火地点からはやや遠いと？」

「ええそうです。次にこの、かまど近くの壁を見てください。炎というのは直上に向かいますが、大抵天井は遠い位置にある。だからまずは水平方向に放射状に広がり、壁を見つけるとそこから一気に上を目指して駆け上がっていきます」

「まるで意思があるかのような……何かの動物みたいですね」

「そういうイメージの方がわかりやすいかもしれません。話を戻しますけど、木材の場合、焼けの強い部分は亀甲模様に凹凸が浮き出るという特徴があります。ここに転がっているのは梁《はり》だと思いますが、周辺で一番模様が濃く出ていますよね？　火消の方が蹴飛ばして移動させたりしていなければ、こちらが出火地点です」

建物に火が回る速度は想像以上に速い。木造平屋建ての場合、出火から約二分ほどで部屋中に炎が広がり、二分三十秒で天井まで到達し、五分も経てば隣家に延焼すると謂われている。二十分あれば全焼だ。

「だけど炎は選り好《ごの》みも激しいんですよね。燃え残ってしまうものも多くて、そして燃え残りには相応の理由がある。炭化深度《たんかしんど》という言葉がありまして、燃焼の早い場所ほど炭化の速度が早いとされ、これを元に火炎伝播《でんぱ》の方向性を見破り出火地点を特定していきます。これが火災捜査の基本理念……だそうです。識神様によると」

「つまり間違いなく火元はここで、原因は長屋に住む者の火の不始末だと？」

と、若い警官は何やら表情を曇らせた。

わたしが「何か疑問でも」と水を向けると、彼は言い淀みながらも心中を吐露する。

「すみません。自分も子供の頃は、貧しい長屋暮らしをしていたからわかるんです。ここに住む者のほとんどは、表の料理屋の従業員でしょう。でも少ない賃金からさらに家賃を引かれて、かつかつの生活をしているはず。なのに火を出したなんてことになればどうなるか。とても賠償金など支払えないし、家族全員が路頭に迷うはめに」

「そうですね。その点はわたしだって可哀想に思いますけど……」

彼が苦悩する理由もわからなくはないが、だからといって捜査結果を曲げることは決して許されない。

第三者による放火の可能性はまだ残っているが、余程確実な目撃情報でもない限り、立証は困難に違いない。経験上、失火という結論は変わらないだろうと推測する。

ただし、だ。今回の火事に関しては他の要因もありそうである。長屋に住んでいた者だけの責任ではない。それを口に出そうかどうか迷っていると、

「——すまん、嬢ちゃん。そろそろ結論は出ただろうか」

ちょうどそのとき、桜田がこちらへ歩み寄ってくるのが見えた。背後に老齢の男を引き連れているようだ。

灰色の和服の上に濃紺の羽織《はおり》を着用した、品の良さげな老紳士なのだが、その態度の方はあまり褒められたものではない。やたらと横柄で刺々《とげとげ》しく、険のある声をきんきん響かせていた。

「どうでもいいから早くしてくれんかねぇ。うちは都でも有数の人気店でね、何ヶ月も先まで予約がいっぱいなんだよ。一刻も早く立て直さにゃならん。失火か、それとも放火か？　それだけすぐに教えてくれ。こっちで対処を考えるのでな」

一息にそう語った老人のさらに後ろには、可哀想なくらいに縮こまった大柄な男性の姿もあった。白一色の板前姿であるところを見ると、彼が雇われ店長兼料理人で、老人が店のオーナーといった間柄だろうか。

「抑えきれなくてすまん」と桜田が小声で謝る。「こんな短時間で悪いとは思うが、

「構いませんけど、確実じゃありませんよ？ 聞き取り結果もまだ届いていませんし、瓦礫を掘り起こせば別の証拠が見つかるかもしれません。あとで結論が変わる可能性は大いにあります。その点を了承していただけるならお話ししますが……と識神様は仰っています」

「四の五の言わんと早くしなさい」と老人が告げる。「どうせおまえたちは補償にも賠償にも関わらんのだから大した違いは……というか何だね、どうして巫女がここにいるのかね？」

「いえ、これにはいろいろと事情がありまして」

桜田がすかさず説明に入る。この少女は外見こそ普通の巫女のようであるが、実は高位の識神をその身に宿しており、彼女の言葉は神の言葉に等しくて云々《うんぬん》かんぬん。

さすがに適当すぎると思う。そんな雑な語り口で信じる者なんているわけがない。

店主のこめかみにくっきりと青筋が浮かんだのがわかった。

「ほほう、面白いじゃないか。結界に守られた帝都で識神を召喚？ できるものならやってみせてもらおう。拝み屋ごときに一体何ができるのか」

顔の上半分で怒りを表明し、下半分は口角を吊り上げて笑っている。何とも器用なことだが、彼にとっては巫女も陰陽師も嘲《あざけ》りの対象らしい。

だったら目に物見せてやろうか。

「わかりました。それではこの身に、識神様を降ろします」

宣言の後に黙禱《もくとう》をすると、その数秒後に背後でごおっと激しい音がした。熱風が頬を撫でる感触がして少し驚く。

しかし予想の範疇《はんちゅう》だ。ついさっき目配せをして、逢魔に依頼しておいたからである。

識神の降臨に相応しい効果的な演出をよろしく、と。

薄目を開けてみると、帯状となった炎が幾重にも体を取り巻いているのがわかった。ややりすぎのようにも思えるが、派手に越したことはないかと開き直る。そもそもあんな化け狼に、ちょうどいい塩梅《あんばい》なんて期待する方が間違っていた。

ただ店主の反応からすると、これで正解だったかもしれない。もう瞼《まぶた》が裏返るほどに目を剝《む》いてしまっており、放置すればそのうち口から泡でも吐きそうだ。

でもあまり長引かせても衝撃が薄れてしまう。だからタイミングを見計らって両腕を左右に広げたところ、その瞬間に炎の渦は跡形もなく消失した。

よしよし。これにて変身は完了というわけだ。

では謎解きの時間に移行するとしよう。

中身が識神に入れ替わったように装う際、わたしは古風な言葉遣いを用いることにしている。これは過去の日本で実際に使われていたものではなく、創作物でよく見る古風っぽい女性の言い回しをアレンジしたものだ。

何のためにかというと、素のままの自分では大勢の人前でうまく喋れないからだ。わたしは生来人見知りであり、生粋のインドア派であり、どちらかと訊かれたら陰気な性質だと思う。だけど学生時代に演劇部に所属していたので、演技の仮面を被りさえすれば何とか舞台に立つことはできる。

「火事の出火元と見られるのはここじゃ。妾たちが立っている今この辺り——長屋の一室の入口付近じゃの。ここで火の手が上がり、壁伝いに屋根まで上って強風に煽られた結果、表店にまで延焼したと判断できる」

「そうですか。識神様の仰ることであれば信じましょう」

ころっと振る舞いを改めた店主が、見るからに敬虔《けいけん》な態度でうなずいた。どうやら逢魔の過剰演出が余程琴線に触れたようである。

当初は嫌みで言っているのかとも疑ったのだが、ぴんと背筋を伸ばして真摯な眼差しを向けてくる彼の姿に、こちらを侮る気配は一切感じ取れなかった。

「承知致しました。原因は長屋に住んでいた者たちなのですな。では全員解雇で」

「えっ？　ちょっ、待つがよい！　まだ結論を伝えてはおらん！」

「そうでございましたか。早とちりを致しました。いやお恥ずかしい限りで……」

危ない危ない、即断即決だよこの人。こちらへの態度こそ丁寧にはなったが、経営者としての冷徹な側面は健在らしい。

こういう手合いには持って回った言い方は逆効果だ。ただ事実のみを突きつけて、賢明な判断及び誠意ある対応に期待するとしよう。

「出火元は間違いなくここ、長屋の端の一室じゃが、火が出たのは竈からではない。こちらを見てみよ。床に転がっている黒焦げの物体は、金属製のザルのようじゃな。ここにこびりついているものが見えるか？　周辺にも同様のものが散乱しておるが、火事の原因はこれ。ザルの上に山積みにされていたであろう、天かすじゃ」

「天かす？」

店主は意表を突かれたように小首を傾げた。

「まさか、そんなものが？」

「そうじゃ。天ぷらに使われる菜種油は、温度が上がり過ぎると火種がなくても発火してしまう。このときの温度が三六〇度から三八〇度ほどと言われておるが、天かすというのはそれよりももっと燃えやすいのじゃ」

そう。二八〇度から三一〇度ほどの温度で自然発火すると言われている。

「余熱を残した天かすが山積みにされていたとしよう。すると外側の天かすが断熱材となって内側の熱が逃げず、温度が下がらなくなる。さらに酸化による発熱が促進されて中心部に熱が籠り、どんどん高温になっていくわけじゃ。するとしばらく時間が経過した後に一気に燃え上がってしまう」

この現象の性質《たち》が悪いところは、油から上げて何時間も経ってから出火するケースがあることだ。わたしの知る限りでは、十時間後に燃え始めた事例すらある。

「ほほう……。何時間も前の揚げかすから火が。それが壁に燃え移ったわけですか。俄かには信じ難い話ですが、他ならぬ識神様のお言葉ですので」

「理解が得られて何よりじゃ。ところで訊ねたいのじゃが、ここに大量の天かすが置かれていた理由に心当たりはないか？」

訊ねた途端、老店主は後ろに控えていた料理人に非難の目を向けた。

「どういうことだ」確信が込められた強い言葉が飛ぶ。「おまえは事情を知っているはずだな？　そうでなければおかしい」

「す、すみません。勝手なことを致しまして……」

立て板に水。料理人はすぐさま白状して喋り出した。

「実を言いますと以前から、野菜の切れ端や少し傷んだ肉など、まだ食べられるものがあれば長屋に差し入れておりまして」

揚げ料理の際に大量に発生する天かすも、うまく調理すれば美味《おい》しく食べられる。長屋は従業員寮という扱いなので、賄《まかな》いのつもりで差し入れていたに違いない。

「今さらそれは咎めんが」と店主。「長屋に運び込んでいたのは誰だ?」

「私です」と料理人は即答するが、明らかに目線が宙を泳いでいた。どうやら隠し事のできない性格のようだ。「重ね重ね、すみません」

「ふん。本当は丁稚《でっち》どもの一人なのだろう。忙しいおまえがわざわざ長屋に通うとは思えんからな。しかしもういい。どのみち店は全焼だ。立て直しには時間がかかる。長屋に住む者全員を養うのは無理だ。わかるな?　おまえ以外は解雇だ」

「……はい。この度は本当に、申し訳ありませんでした」

憔悴《しょうすい》しきった顔をして謝罪の言葉を口にし、ただ深々と頭を下げた。

彼だけはきっと気付いていたはずだ。天かすが燃えたのではと見当をつけていながら、従業員を守るために口を閉ざしていたのだと思う。

優しい人だ。けれど状況が許してはくれなかった。恐らくわたしが出火原因を突き止めずとも、調査を進めた先にある結論は何も変わらなかっただろう。

「非情だと思われますか？　私の判断は」

「いいや。おぬしにも守るべきものがあろう。仕様のないことじゃ」

ぽつりと発せられた店主の問いには、同情の意を込めて返した。従業員を切る判断は確かに非情にも思えるが、彼だって紛れもなく被害者の一人だ。自分の家族だって養わなければならないし、瓦礫の塊と化したこの店を立て直すには相当な苦難を覚悟する必要がある。

元よりわたしは部外者にすぎない。世界そのものにとっての部外者でもある。出火原因以外の事情についてはあまり首を突っ込まない方がいいだろう。

「——謎は全て解かれたようじゃ。それでは後は任せるぞよ」

踵を返して立ち去るポーズを示し、桜田たちに事後処理を丸投げしてしまうことにした。

なので数歩進んだところで足を止め、識神が天へと還ったふうを装いながら言う。

「わたしもこれにて失礼いたしますね。お兄様のことが心配ですので、病院にお見舞いに行きませんと……。もしも書類に署名などが必要でしたら後ほど陰陽寮まで」

やや早口になりながらそう告げ、最後に「ごきげんよう」と微笑《ほほえ》みを振りまくと、そそくさとした足取りで現場から離れていった。

誰も追ってこないところをみると、これにてお役御免ということで良いようだ。

事件現場に足を運んだ場合、実は一番面倒くさいのがこの後の工程であり、それら書類仕事全般をわたしは苦手としていた。まあそれ以前に異世界の書類様式がそもそもわからないし、どこに報告義務があってどこと意見調整をして、どういう手続きを経て事案を処理したことにするのかもまったく知らない。だから警官たちに任せてしまうのが一番だ。

それに先ほど口にした「お兄様のことが心配」という言葉も、逃げ出すための方便ではなかった。実際に安否が気になっているので、どこの病院に運ばれたのかを調べなければならない。

近くにいるはずの消防組にでも訊ねればわかるだろうか。そう考えつつ現場周辺を見回っていたところで、思いがけぬものが視界を過った。

「――もう大丈夫だよ。泣かなくていい。怖い火は消えてしまったからね」

一本芯が通ったあの背中は間違いない。探していた朔也本人の姿がそこにあった。

どうやら搬送中に意識を取り戻したらしく、火事で焼け出された被害者家族に慰めの言葉をかけているようだ。

ともあれ無事で何よりである。ほっと胸を撫でおろしつつ彼の方へ歩み寄っていくと、そこで何やら呪文じみた発声が漏れ聞こえてきた。

「そのまじっと見ていてごらん。――オン、アボキャ、ベイロシャノウ。マカボダラ、マニハンドマ。ジンバラ、ハラバリタヤ、ウン――時は明治三十八年四月十五日、午後四時三十分」

何度か耳にした覚えのあるそれは、光明真言《こうみようしんごん》と呼ばれるものだ。陰陽師が何からの術を使用する際に唱えるという、この世界では一般的な呪《まじな》いの言葉らしい。

「うわぁっ！」

感嘆の声を上げたのは幼子だ。付近一帯が振動するほどの慟哭《どうこく》を響かせていたあの女児らしい。それが今やすっかり笑顔になっている。瞳をきらきら輝かせながら手元の紙――手帳から破り取ったらしき紙片を見つめているのだ。

一体全体、どうやって号泣を止めたのか。わたしはすぐさま女児の隣に回り込み、何かの賞状のように掲げられたそれを見て、衝撃のあまり目を見張ってしまう。

「ええっ!? すごい！ 琵琶湖《びわこ》ですか？ これ」

「ああ、そうだよ。本当に綺麗な景色だよね」

朔也はその端正な横顔を綻ばせながら答えた。

「去年の春に軍の遠征で行ったんだ。実物はもっとすごかったけど……」

などと謙遜するが、これでも十分な出来だと思う。少女の持つ紙片には、白黒二色で表現された見事な風景画が描かれていた。

丘の上から澄んだ湖畔を眺めている構図であり、絵というよりはほぼ写真と呼べるほどの精密さである。まるで情景をそのまま切り取ってきて紙面に封じ込めたかのようにすら感じられた。

「これって陰陽術で描いたんですか？　さっきの呪文にはどんな意味が？」

「〝転写《てんしゃ》〟の術だよ。まあ解説は後でね。ようやく泣き止《なや》んでくれたところだから」

そう告げながら少女の髪をくしゃりと一度撫で、それから踵を返してどこかへ歩き出す。わたしは慌てて彼の後ろについていきながら、

「お体はもう大丈夫なんですか？　一応、病院で診ていただいた方が」

「平気だよ。軍ではこの程度の怪我、普通のことだったからね。それより何の役にも立てず申し訳ない限りだ。君はまた、識神様として活躍したのだろうに」

「そんなことないですよ。お兄様は目が醒めてからずっと、被害者たちを慰めてくれていたんですよね。彼らのケアだって大事な仕事ですから」

「だといいんだけどね。少し疲れたからもう帰ろうか。車を停めた場所はあっちだ」

「ええ。ところで転写の術って言いました？　あれってどういう術なんです？」

「陰陽師なら誰でも使える初歩的な術だよ。僕にはあれしか取り柄がなかったから、発動速度だけは普通より上なんだ。慣れているからね」

「詳しく教えてください。絵が出現する前、日時を指定していましたよね？」

　彼の歩みはわたしより速かった。脚の長さの違いのせいで一歩の差が大きいらしい。だから背中に追いすがるようにして詳細を訊ねる。

「特定の時間帯にお兄様が見た景色を、紙の上に再現できるわけですか」

「僕は人より記憶力が優れているらしくてね。年月日を指定しさえすれば、一度目にした光景なら何でも引っ張り出せる。あと時間指定は結構適当でもよくて、その場合は直近の時間帯で目にした一番印象に残っている映像が出てくる。ただこれ、分類上は火を扱う術種でね。原理的には熱を発生させ、紙面を焦がして描いているわけだ。その特性上、色彩はほぼ失われてしまうという欠点がある」

「だからモノクロになるんですね。となると普通の紙を感熱紙みたいに使えるわけですか。いや十分に凄いと思いますよ？　無限の可能性を感じます」

「カンネツシが何かは知らないが、慰め言葉として受け取っておくよ。昔の陰陽師がこの術を編み出したときにも、革新的だと高い評価を受けたそうだ。でも今はカメラがあるから、誰にでも簡単に同じことができてしまう」

「日時指定で再現できるという点は魅力ですよ？　カメラには無理です」

「はは、軍でも時々重宝されたよ。何かの裏帳簿を一瞬だけ見せられて、後で再現させられたりとかね。あと、急ぎで配らなきゃいけない書類を複製させられたりとか」

「一度見ただけで複製できて、いつでも何度でも出せるのであれば、活用法によっては天下をとれます。慰め言葉なんかじゃないですって！」

などと口にしたわたしの目は多分、今までにない光を放っていただろう。

それはもちろん少女の純真さから生まれた無垢なる煌めきなどではなく、獲物を見つけた猛禽《もうきん》類のごとくギラついたものだ。

完全に盲点だった。本当に迂闊《うかつ》だったとしか言えない。まさか転写の術なんてものが存在していたとは……。

諦めていたあの捜査手法が実現できるかもしれない。そう考えただけでもう駄目だった。片側の口角だけがどんどん吊り上がっていく。

唇の隙間から漏れそうになる笑みを何とか堪え、自分自身でも気持ち悪く感じられるほどの猫撫《ねこな》で声《ごえ》になりながら、わたしは彼にこう懇願した。

「ああ、本当に最高ですよ。お兄様に再会できたことは、ここ数年で一番の幸運だと確信しました。はい、間違いなく。そんな素晴らしいお力をお持ちのお兄様に、可愛い可愛い妹から大切なお願いがあるのですけれど――」

これは余談であるが、最近のわたしはなるべく健康的な生活を送るよう心がけていた。何故かというと、宿主が虚弱体質だからだ。

三食きちんと食べて適度に運動し、夜も早くに就寝することにしている。あちらの世界の上司が今のわたしの生活風景を目にしたならば、「馬鹿な……。あの狂信的なカフェイン中毒者はどこへ行ったんだ」などと酷い言葉で宗旨替えをなじられるのだろうが、借り物の体で無理なんてできない。疲労を溜めるなど以《もっ》ての外《ほか》だ。

だというのに昨夜は夜更かしをしてしまった。朔也との打ち合わせが思いのほか盛り上がってしまったためである。少々寝不足気味なのもそのせいで、今も気を抜けばすぐに欠伸が漏れ出しそうだ。

しかし隣に立つ彼の方はずっと笑みを絶やさぬままだ。さすがは軍人さんだなぁと考えつつ、わたしは声を張って次の指示を出していく。

「いいですか、みなさん。石膏《せっこう》の粉末はとても細かいので、目に入ったり口から吸ったりするととても危険です。バケツに入れた粉末に水を注ぐ際、粉が舞い上がることがあるので注意してくださいね。水を入れたら速やかに掻《か》き混《ま》ぜてくださいね」

午後一番で開催したのは、石膏を用いた足跡採取の実習である。識神の知恵の一端を伝授するという名目で、受講者を集めてもらったのだ。

会場は警保寮の敷地内にあるグラウンドだ。真砂土に覆われた広場の作り方はこちらでも一般的らしく、子供たちの通う学校にも同じ設備があるという。

表面部は砂状だが内部は粘質土のように硬い。そんな真砂土の特性が足跡の採取に最適だったためここを選んだのだが、当初、警官はともかく陰陽師たちはまるで気が乗らない様子だった。

一体何故、ホームである陰陽寮を離れ、こんな場所に呼び出されなければいけないのか。そう言わんばかりに不服げだったが、実際に手を動かして作業しているうちに能動的になり、やがてあちこちから笑い声すら聞こえてくるようになった。

「実践型の講習だと、やっぱり反応がいいですね」

「彼らはみんな学者肌だからね。自分たちの研究に使えるかもと思っているんだろう。石膏なんてそれほど触れる機会がなかっただろうから、新鮮な感覚なんだよ」

そう口にした朔也もまた楽しげに、バケツの中で灰色の液体を掻き混ぜていた。

石膏の起源はとても古い。古代エジプト時代のピラミッドにも使われていた形跡があるそうだ。もちろん現代でも建築、芸術、医療などの分野で日常的に用いられているのだが、犯罪捜査においては足跡採取のために使用されることが最も多い。

「粘度が高まってきたら手を止めて、先程作製した厚紙の型枠をみなさん自身の足跡を囲うように置いてください。石膏をそこに向け、直上から流し込んでいきます」

高い位置から落とした方が気泡の発生を防げますよ、と言葉を続けつつ、見回りがてら訓練場内を巡ってみることにした。講師の目が近くにあると意味もなくはりきってしまうものなのだ、こういうのは。

歩き始めてすぐに「うわぁ、熱くなってきた」と驚きの声が聞こえてきた。石膏に水を加えると固まる前に発熱する。場合によってはお風呂よりも熱いくらいの温度になったりする。

「手触りが気持ち悪い」とも聞こえてきた。わかるわかる。だけどあの、指の隙間からねっとりこぼれ落ちていく感じがいいんだよ。だんだん癖《くせ》になる。

「攪拌《かくはん》時間を長くすることで硬化時間を早められますので、よく混ぜた方が結果的に早く終わります。遠慮せずにたくさん混ぜてくださいね」

注意を促しながら歩みを進めていると、見知った顔が愉快そうに作業している姿が視界に映った。すかさず声をかけてみる。

「どうです桜田さん。そろそろ固まってきましたか？」

「ああ、嬢ちゃんか。石膏には初めて触ったが、なかなか面白いなこれは」

「そうなんですか？　陰陽師のみなさんはともかく、桜田さんたちは経験済みかと思っていました。石膏を用いた足跡採取なんて、ごく一般的という感覚ですし」

「やったことはねぇなあ。特徴的な足跡なら紙に書き取ったりはしていたがな。墨を塗りつけて紙を押し当てたりとか」

「魚拓のやり方ですね、それは」

日本の明治時代でも同じだったのだろうか。二つの世界の差違に思いを馳せながら桜田のバケツを見ていると、中から石膏塗れになった彼の右手が出てきた。

ごつごつとした熟練職人を思わせる手だったが、何やら様子がおかしい。

「ええと、あの、それって」

「ん？　……ああ、これか。隠してたわけじゃないんだが」

普通の人より指が長く見えるが、それはまだ常識の範囲内だと思える。異常なのは水掻きだ。常人の何倍もの面積を誇るそれがカンテラの明かりに晒され、内部の毛細血管が葉脈のように透けて見えた。

「水に濡れるとこうなるんだよ。その証拠に、左手の方は普通だろう？　おれは川端一家のやつらと同じで、薄いながらも水神の血を引いてるらしい。田舎から出てきたやつには結構多いんだ、これが」

「びっくりしました。桜田さんの祖先も河童と関係が……」

「違うらしい。死んだ祖父《じい》さんによると、うちの先祖は〝小豆洗い《あずきあらい》〟だってよ」

「ええぇ？　小豆洗いって、背が低くて目が大きい老人ってイメージがありました。水掻きが大きいなんて聞いたことありませんし」

だろうな、と言って彼は快活に笑う。それから機嫌よく話し始めたところによると、どうも小豆洗いと呼ばれる怪異には決まった姿形はないらしい。正体は化けた狸《たぬき》とも鼬《いたち》ともカワウソとも謂われるが、本質は小豆を洗うような〝ジョキショキ〟という音そのものなのだという。

「だからよ、同じ音を立てる存在はみんな小豆洗いなんだ。まあ鼬にもカワウソにも水掻きはあるからな、そういうもんだと思ってる。同じ水辺の妖怪って共通点があるし、河童とも源流は同じなのかもしれねぇが」

つまりは彼も異能者の一人だったわけだ。ただし受け継いだ能力自体は大したものではないらしい。水に濡れると水掻きが大きくなるおかげで、常人より少しだけ泳ぎが達者なのだとか。

「……で、どうだい嬢ちゃん。かなり粘度が出てきたが？　もう型に流しても？」

「え？　おほん。もういいと思いますよ。一気に流し入れちゃってください」

いかんいかん。興味津々で話に聞き入っていた。咳払いで誤魔化してから「頑張ってください」と口にし、慌てて見回り作業に戻る。あまり一つの場所に留まり続けるのもよろしくない。

「みなさん、聞いてください。鑑識活動において足跡は、非常に重要な証拠の一つとして扱われます。足跡を通して多くの情報を獲得することができるからです。まずは犯人がどちらに向いて歩いていたか。爪先が向いている方向を記録に残しておいてください。次に靴底の状態。完全に同じ足跡はこの世に二つとありません。同じ靴を履いていたとしても靴底に刻まれた細かな傷痕は異なります。石膏法ならそれらを克明に写しとることができます。さらに、歩き方の癖もある程度わかります。五指のどこに体重が載せられているかで――」

講義を続けながら進捗状況を確認していると、とっくに石膏を流し終え、固まるのを待っているだけの人もちらほらいるのがわかった。

警官たちはみな揃いの短靴《たんか》を着用しているが、陰陽師の方はまちまちだ。一番多いのは和柄の下駄《げた》風サンダルで、靴底にはゴムが使用されているらしい。

「石膏は硬化するときにわずかに膨張しますので、流し入れた際に届かなかった隙間にまで入り込み、型をとってくれます。ただ、固まるまではしばらくかかりますので、作業を終えた方はあちらに注目を」

わたしがそう発言して合図を飛ばすと、朔也が大きく柏手を打ち鳴らして「こっちです」と注目を集めた。

「今、みなさんにはご自身の足跡を採取してもらっていますが、もちろんそれで終わりではありません。足跡は採取するだけでなく、犯行現場に残されたものと照合し、犯人の足跡を割り出さなければ意味がないのです」

堂々とした語り口で述べ、持参した肩掛け鞄《かばん》の中から一枚の半紙を取り出していく。

その紙面には――

「こちらは陰陽術を用いて転写した、とある場所から採取された足跡です。お手元の石膏がある程度固まり、判別可能になった方は順次照合してみてください。これからみなさんには力を合わせて、これが誰の足跡なのかを突き止めていただくことになります。この中の誰が犯人なのかを」

「……誰が犯人か、だって？　そういう想定でやろうって話か」

即座に問《と》い質《ただ》してきたのは桜田だ。さすがに嗅覚が鋭いと感心する。みんなに疑念を抱かせるためにわざと匂わせたのだから、ありがたいばかりの反応である。

朔也は柔らかな笑みを湛《たた》えたまま答えた。

「いいえ、仮想の犯人ではありません。この足跡の持ち主は実際に、許されざる犯罪行為に手を染めているのです」

「はあ？　おいおいなんだそりゃ、穏やかじゃねぇな。本物の犯罪者だと？　それがこの場にいるって？　なら足跡の主が見つかれば……」

「もちろん直ちに拘束してください。それは警官のみなさんにお任せします」

厳然とした口調に切り替えつつ断言すると、たちまち訓練場に緊張感が張り詰めた。

それに続いてわたしも衆目の前に出ていき、彼の言を補足していく。

「ちなみにですね、犯人の足跡が採取された場所は、陰陽寮の伝令室前の廊下です。採取日時は昨日の夜、午後九時頃。普段から伝令室に勤めている職員のものではないことは確認済みです」

伝令室だと？　という誰かの呟きを皮切りとして、さざ波のごとくざわめきが広がっていく。

そこへさらに大きな波紋を投げかけるかのように、朔也が追撃を仕掛けた。

「足跡の照合作業が終わった後には指紋照合の実習も行います。注目してください。

こちらの霊符は昨日発生した火事の現場で見つかったものです。発見者の証言によれば、とある町火消の懐からこぼれ落ちたものだそうで……。既に霊符としての機能は失われていますが、残された指紋まで消し去ることはできません」

件の霊符をひらひらと左右に振って見せつける彼。いつの間にか手袋も着用済みのようだ。さすがに抜け目ない。

霊符の表面には既にいくつかの指紋が浮かび上がっていた。例の町火消のものと、わたし自身のものと、そしてこの伝令符の送り主のものだ。

一般的に紙からの指紋採取は難しいと考えられているが、わたしが用意した自家製ヨウ素液を使えば何の問題もない。こうして誰の目にも明らかな形で指紋照合作業は可能となった。

「――無駄な足掻きはやめておけ」

そこでやや唐突に、鋭さを帯びた台詞が場に投げつけられた。

優しげな顔貌には不似合いにすら感じる声色で、朔也は冷然と言葉を繋いでいく。

「その石膏型、今さら壊したところで意味はないぞ。おまえの履物から直接確認すればいいだけだからな。聞こえているのか、袴田とやら」

まっすぐに伸ばされた人差し指の先には、すっかり顔面蒼白《そうはく》となった一人の陰陽師が身を竦《すく》めていた。昨日弁者を務めた細面の結界術師、袴田だ。

瞬く間に周囲の視線が一方向に集中していく。その衆人環視の中、完全に追い込まれたことに気付いた彼は、表情を段階的に変化させていった。

息を荒らげ、両手を震わせながら頭を抱えると、やがて忙《せわ》しなく自らの頭髪を掻きむしり始めた。まだまだ若手と言える年の頃だろうに、彼の頭部の毛量が心もとないのは、その癖によるところが多いのではと邪推する。

朔也は被疑青年に歩み寄りながら、さらに決定的な事実を突きつけた。

「おまえは結界術師ではあるが、結界の補修が主な職務だと聞いている。頻繁に伝令室に立ち寄る理由はないはずだ。……で、そんなおまえに訊ねるが、この足跡の主は何をしていたと思う？　そう、盗聴だよ。伝令室から発せられる関係機関への通報を盗み聞きして、伝令符でよそに漏らしていたんだ」

「なんだとてめえ」

ゆらりと立ち上がったのは桜田だが、その顔色を目にしてわたしは震え上がってしまった。怒りで紅潮するどころか、血管が収縮しすぎて逆に蒼白になっている。上司が本気でぶちギレたときと同じだ。

彼は威圧を放ちながらずんずんと陰陽師の集団に分け入っていき、無言のまま袴田の胸元に手を伸ばすと、その襟首を締め上げるようにして高く持ち上げた。

「ま、待って……ぐへぇ」

たちまち喉を圧迫され、苦しそうに呻き声を漏らす袴田。周りの陰陽師たちは一応の仲間意識からか「おい、やめろよ」と周囲を取り囲むが、桜田のあまりの剣幕に手が出せないようだ。

そこへ邪魔させまいと他の警官たちもやってくる。あれよあれよという間に人垣が築かれ、両陣営の緊張感が高まっていく中、熟年警官が詰問する声が響いた。

「てめえが町火消と繋がってやがったのか！　いくらもらって情報を流していた！おい、どうなんだ！」

「……ちょっと意外でしたね」

と、わたしはこっそり朔也に呼びかけた。警官たちはわざと町火消の行いを見逃している可能性があると思っていたからだ。治安維持の観点から、必要悪として。

でも桜田の激昂ぶりからするとその線はなさそうである。朔也は耳元に顔を近付けてきて囁き声を響かせる。

「町火消には規則があるそうだ。火災現場に警官が現れれば、それ以降の窃盗行為を禁ずる、というね。無用の揉め事を避けるためだと思う」

「もしかして、火事場泥棒が警官に見つかれば、普通に逮捕されたり？」

「目の前でやられるとさすがに見過ごせないらしいよ。現行犯ならば手続きも簡単だし、被害者が警官に『やめさせてくれ』と依頼する場合もあるから——」

彼の言によると、町火消は未だにほぼ無報酬だという。それでもなり手がいなくならないのは、脱法的火事場泥棒で得られる収益が美味しいからだ。

ただしルールは存在していた。火災が発生したその瞬間から、警官が到着するまでのわずかな間しか現場で家財を漁《あさ》る時間はないそうだ。

ならば利得を最大限に高めるにはどうすればいいか。何らかの妨害行為により警官の足を遅らせるか、より早く火災情報を得て出し抜くかしかない。

袴田が行った情報漏洩《ろうえい》はそのためのものだ。恐らく町火消から何らかの利益供与を受け取っているのだろう。桜田警部がいきなり沸騰した理由もそこにある。

「あっ」と朔也は何かに気付いたような声を上げた。「もしかして、狐火現象が増えた理由も……？」

「だと思いますよ。同一犯ではないと思いますが目的は同じです。火炎を発生させる陰陽術で通報回数を増やし、消防組を攪乱《かくらん》して手を回らなくさせ、現場への到着を遅らせたわけです。でもそのためには、どの程度の炎で結界通報が反応するのかを知っていなければなりません」

「だから最初から疑っていたわけか。狐火現象を起こしているのが陰陽師だと……。だけど袴田の方は？　いつから彼を怪しんでいたんだ？」

「五日くらい前ですかね？　あの人、伝令室の壁に背中をつけ、もたれかかるようにしながら煙草を吸っていたんです。そのくせわたしと目が合うなり立ち去って行ったものだから、これは怪しいなぁと」

「そんな些細《ささい》なことで……。なら昨日、廊下の雑巾がけをしていたときも？」

「もちろん足跡を見ていました。袴田さんの足跡はもう採取済みだったんですけど、同じものがないか確認するために」

伝令室前の廊下を往来する職員はごく限られている。用事がない者が足を踏み入れることもほぼ有り得ない。それでも一度や二度ならば「道に迷った」とか「ふと気が向いたから」なんて言い訳も通用するだろうが、数が積み重なるほど言い逃れはできなくなっていく。だから毎日欠かさず確認していた。

彼の足跡を発見した日付と時刻を記録しておき、それと事件事故の発生日時を照らし合わせれば、いずれ何を企んでいるのかが判明すると考えたのだ。

「用意周到とはこのことだね。君だけは敵に回したくないよ」

「わたしだってお兄様とは末永く仲良くしたいです。鑑識活動において指紋と足跡の採取は基本中の基本ですからね。陰陽寮は研究機関だけあっていろいろな材料を取り寄せることができそうですけど、転写だけが難題だったんですよ」

けれどその点も朔也のおかげで解決した。彼がいなければここまでスムーズに袴田の犯行を立証することはできなかった。良きバディとして今後も活用——懇意にしていただきたいところである。

「そっか。役に立てたなら良かったよ。……ところでこれ、どう収拾をつけるつもりなんだい？」

雑談に興じている間にも乱闘騒ぎは苛烈さを増しており、桜田はいつの間にか上半身の服を脱ぎ捨てていた。その状態で向かってくる陰陽師たちを次々に千切っては投げ、千切っては投げ……。もはやぶつかり稽古の様相を呈している。

「頼りになるお兄様にお願いです。彼らを止めてきてくれませんか？」

一縷《いちる》の望みを込めて朔也に上目遣いを向けたのだが、

「僕には無理だよ。異能持ちは大抵、並外れた身体能力を有しているからね。無駄なことはしない主義なんだ」

すぐさま両手を上げて降参を表明する彼。是非もない。確かに桜田警部のあの膂力は常人の域にはないと思えた。さすがは水神の末裔だけのことはある。河童も相撲好きだと聞いたことがあるし……。

「ここは静観するしかない。陰陽頭にどう報告するかだけ考えておこう」

「そうですね。その辺りのことを打ち合わせしておきましょう。今のうちに」

事態はどんどん悪化している。傍目《はため》から見ても惨状と言っていい。固められた真砂土の上に石膏製の足型が散乱する中、人だかりの真ん中で仁王立ちになった桜田が高笑いをしているのだ。

袴田は彼の小脇に抱えられた状態でぐったりしており、ぶつぶつと謝罪の言葉を繰り返している。どうやらすっかり自供し終えたようだ。

そろそろ潮時だろうと思う。いい加減誰か止めに入ってくれという頃になって、駆けつけてきたのはなんと、陰陽頭である御門晴臣だった。

「一体何の騒ぎだ！　責任者は出てこい！」

開口一番、怒号の雷鳴を響き渡らせる彼。目尻を険しく吊り上げたその顔つきは、鬼神もかくやという恐ろしさだった。となればそこから先は事情説明とお説教の時間である。

ああ、兵どもが夢の跡……。全員参加でグラウンド整備が行われたあとには、そのまま地べたでの正座を命じられたいい大人たちの、無様にして憐憫《れんびん》を誘う姿が空《から》っ風《かぜ》に晒されていたという。

「――はあ？　補償金が出る、のでございますか？」

呆けたようにぽかんと口を開けたのは、火災に遭った割烹料理店の店主だ。

提示された金額を目にした途端、彼はさも意外そうに「ほう……？」と息を吐き、顎下を指でさすりながら顔を伏せてしまう。

そうしてしばし思い悩んだ後に、「ならその全額を長屋の者たちへの退職金に充てましょう」と口にして表情を綻ばせた。

「よろしいのですか？」と朔也が訊くと、

「もちろん」好々爺然《こうこうや》とした顔つきで店主は答える。「彼らには十分な補償ができておりませんでしたからな。私も正直、心苦しく思っていたのです。ですがこれで、彼らの新しい門出を笑顔で見送ることができます。全ては識神様の思し召《おぼめ》しのままに」

「え⁉　いやいや、わたしは特に何も……」

慌てて否定しようとするも、「わかってますよ」という生暖かい眼差しを向けられて、思わず言葉を呑み込んでしまう。

何やら誤解されているようだが、それで被害者が救われるのなら結果オーライか。

——うん。もう全部朔也に任せてしまおう。

店主とのやりとりは彼に丸投げし、わたしは周囲の風景へと目を遊ばせた。

休日の大通りは人混みで賑わっているが、元の世界のものとはかなり趣《おもむ》きが違う。等間隔に立てられた水銀灯が昼間でも煌々《こうこう》と輝いており、それが雑多に置かれた店々の提灯《ちょうちん》と交ざり合って金に近いオレンジに街並みを染め上げている。

華やかながら調和のとれた景観。だがその中に一点だけ、明らかに浮いているものが存在していた。まだ建築が始まったばかりの、骨組みだけで構成された家屋だ。

つい三日ほど前に焼失した店の再建工事が、もう始まっているのである。縄で区切られた敷地内からは今も大工たちの声が響いてきており、その威勢の良さと建築速度には驚くばかりだ。

骨組みの奥では一人の職人が鉋《かんな》がけをしており、薄い削り屑《くず》が宙に舞うたびに子供たちが歓声を上げていた。何とも平和な情景ではあるが……。

「あれ。あの女の子って、お兄様が慰めていた子じゃないですか？」

「ん？　どうやらそうみたいだね」

店主への報告を終えて戻ってきた朔也が、ふっと穏やかな微笑みを浮かべて言う。

「火事で怖い思いをしたことなんて忘れたみたいだ。下町の子供は逞《たくま》しいね」

「本当ですね。あの子たち、今はあそこの天幕で生活してるみたいですよ？」

建築中の店の向こう側——長屋の跡地には簡素な天幕が張られており、何世帯かがそこで共同生活を送っているのがわかる。

「近所の人が炊き出ししてくれているのかな。こういった助け合い精神は下町特有のものだ。おかげで補償金が間に合ったよ」

わたしたちが持参した補償金の出所は、実は火災現場から持ち去られた家財と金品なのである。町火消たちは既に換金していたが、その満額をそっくりそのまま店主に渡すことができた。

あの乱闘騒動の直後、袴田は改めて全てを自供した。町火消から定期的に利益供与を受けており、その見返りとして通報情報を横流ししたのだ、と。

そこからの警官の動きは迅速だった。大人数を動員して町火消の拠点に乗り込んでいき、ほぼ一方的な交渉の末に、資産の一部を差し押さえることに成功した。

彼らも罪を認めたそうだ。陰陽師から得た情報を元に一早く現場へと到着し、警官を出し抜く形で金品を盗んでいたと。だから不法に得た利益については返納義務を科され、これを了承したのである。

とはいえ、立証できたのは直近で起きた一件のみだ。桜田は継続的に捜査を進めるつもりらしいが、そんなに都合よく証拠は残されていないだろうし、町火消の態度も硬化していくに違いない。

「でも狐火を起こしていた陰陽師の方は、捕まえられませんでした」

反省点があるとすればそこだろう。袴田の犯行を立証し、同じ目的で狐火を発生させている者がいると説明すれば、晴臣も理解してくれると思っていた。組織の膿《うみ》出しに本腰を入れてくれるだろうと。なのに。

「封建的というか何というか……あっさり調査が打ち切られてしまいましたね」

「陰陽頭も難しい立場なんだよ。僕らの功績は認めてくれたと思うけどね。まあ結果としては悪戯通報程度の影響しか出なかったわけだし、大きな問題にはしたくなかったんだろう」

「やってる方もそう思ってたでしょうね。このくらいなら別にいいかって」

今回の狐火事件を振り返ってみると、結局のところ根本原因は、陰陽師が抱いていた警官への反感だ。そこから小さな出来心が生まれたのである。

「でもこれ、あながち馬鹿にもできません。一つ一つは些細な出来心でも、縒《よ》り合《あ》わされば思わぬ大火となって燃え広がることもある。そういう事件って意外と多いんですよ?」

「実に含蓄のある言葉だね。　僕より三つも年下だとは思えない。　……でも袴田が見せしめになってくれたおかげで、彼らにも太い釘《くぎ》を刺すことができた。だからしばらく狐火現象は起こらないんじゃないかな」

「だといいんですけど」

苦笑を浮かべつつ、再び被災者の天幕へと目を向けてみる。

こうして目の当たりにすればよくわかる。袴田たちの罪は決して軽いものではない。今まで火事に焼け出された者たちの数はどれだけいるだろう。その中で補償金を手にできた者はどれくらいだ？　町火消に財産を奪われていなければ、もっとマシな人生を歩めていた人だっているはずだ。想像するだけで腹の奥が熱くなってくる。

「補償金ですけど、あの程度の額じゃ全然足りませんよね。長屋には十世帯が住んでいたわけですし、十等分すれば一つの家族が得られる額なんて」

「そうでもないさ。ちゃんと彼らの顔を見てごらん」

促されるままに被災者の様子を観察していると、しばらくしてある事実に気付く。炊き出しの煙の向こう側に見える人々の表情は、やや疲労感が滲み出ているものの、基本的には明るいものばかりだったのである。

はて、どうしてだろうと思っていると、

「足りないことはないよ。みんな田舎に帰ることにしたそうだからね。君は知らないと思うけど、都と郊外では物価がまるで違うんだ。一桁違うと思っていい」

「へえ、そんなものですか」

納得しかけたが、今度は別の懸念が胸に浮かんで口から出ていく。

「ですけど田舎に結界はないんですよね？　怪異に襲われるのでは？」

「僕らの住んでいた犬上家も郊外にあった。田舎暮らしは都会で言われるほど酷くはないよ。昔からみんな、怪異と共存してきたんだ」

「共存、できるものなんですか？」

「全部が全部狂暴ってわけじゃないからね。話が通じる個体もいれば人を助けてくれるやつもいる。仲良くなった人の死を涙を流して悼《いた》んでくれる……そんなやつだっているんだ。僕からすれば都で生まれ育った人間の方が心配だ。世間知らず過ぎてね」

なるほど。確かに彼の言う通りなのかもしれない。活気に満ちた被災者たちの顔つきを見ればわかる。みんな潑剌《はつらつ》としているではないか。

あの号泣女児もそうだ。母親からお菓子の包みを手渡されるなり、それを宝物みたいに抱き締めて、喜びのあまりその辺を跳ね回っていた。実に微笑ましい。

だからきっと、心配はいらないのだろう。彼女たちならどこへ行ったって未来を繋いでいけるはずだ。ずっと共に在り続ける、大切な家族の存在さえあれば……。

「じゃあそろそろ戻ろうか」

「そうですね」

彼の言葉に首肯を返し、路肩に停めた公用車のところまで歩いていく。

そして助手席のドアを開けて車内に乗り込むと、ほどなくして景色が動き出した。

視界を流れていく夕時の雑踏を眺めながら、わたしはぽつりとこう呟く。

「ときどき疑問に思うんですよ。わたしのしていることって何なのかなって」

「藪から棒に何だい？」

「事件の謎を考えている間は楽しいんですけど、時折被害者の泣き顔が頭にちらついて、その度に痛感させられるんです。わたしの仕事は悲劇を未然に防ぐものじゃなく、悲劇を悲劇として成立させる、ただそれだけのものなんだって」

「そうか……。そうなのかもしれないね。僕から見ると強く見える君も、いろいろ悩んでいるとわかって安心したよ。それだけでもこの事件を担当してよかったと思う」

進行方向に視線を向けたまま彼が答えると、それからいつものように空白の時間が流れた。距離感がいまいち掴めぬ者同士の間に生まれる、気まずい沈黙だ。

わたしにとっては何度となく経験してきた空気である。もはや違和感すら覚えなくなってしまった。ただし、そのときばかりは少々事情が違っていたらしい。

少しして彼が突然、「ところで聞いてもいいか」と口火を切った。

「率直に訊ねるとしよう。君はいつからその体を乗っ取っていたんだ？」

運転席から不意に向けられた横目が、わたしの体を鋭く突き刺す。

「さすがにわかるよ。君は詠美じゃない。識神の名を騙《かた》る幽霊か何かなんだろう？」

「……ああ、ですよね。そろそろ気付かれている頃かと思っていました」

どうも完全にバレているらしい。まあわたし自身も時間の問題だと思っていたし、そもそもの話として実の兄の目を欺くだなんて無理に決まっている。

「観念したのかい？　まあ隠す気があったようにも見えなかったけど」

「元々嘘がつけない性質なんですよね。演技力には自信があったんですが」

「それはわかる。陰陽頭に叡智の神だと信じられる程度には巧みだった。含蓄のある言葉もたくさん聞けたしね。失礼かもしれないが本当の年齢を訊いても？」

「いきなり女性の年を訊きますか。デリカシーって言葉に聞き覚えは？」

「ないと思う。まだこの世界にはない概念なんじゃないかな。それはともかく経緯の説明くらいはちゃんとして欲しいところだけど」

「もちろんです。一応言っておきますけど、お兄様だけに特別に、ですよ？　それは聞くも涙、語るも涙の――」

後から思い返してみればよくわかる。常夜の世界で邂逅《かいこう》した二人の物語は、ちょうどこの瞬間から始まったに違いない。

閉ざされた狭苦しい空間の中で、観衆の存在すらまったく意識せぬまま、静かなる開演の時を迎えたのである。まるで密やかな内緒話のように。

第三話　ただ、夜明けを待っていた

七月十八日、午後七時十五分頃。それがわたしの死亡時刻だ。

顧みれば仕事漬けの人生だった気がする。死んだ直後に最初に抱いた感慨も「これで明日は仕事に行かなくていいのかな」というものだった。けれどもう制約に縛られる必要はない。今のわたしは恐らく、霊魂と呼ばれる存在なのだろうから。

肉体を脱ぎ捨てるとともに責務からも解放され、やっと手に入れた自由を堪能《たんのう》……できるかと思えば持て余していた。ただぼんやりと空の彼方《かなた》を眺めるばかりだった。

そのうちに夜が忍び寄ってきた。山々の稜線の先へ日が落ちていくと同時に、ありとあらゆるものの輪郭がぼやけて群青の空に溶け出していく。

ただ不思議なことに、その寂寞《せきばく》たる景色の中に一点だけ、暗くなればなるほど存在感を増していくものがある。

白い、何かだ。ぼんやりと自ら発光しているかのような何かの塊。

視認してからしばらくは、どうせ月だろうと思っていた。だけどそれにしては少々様子がおかしい。何しろ徐々に、こちらに近付いてきているのだから。

目を凝らしてみれば案の定、完全に別物のようだ。

四本足の、白い獣だったのである。

逆三角形に尖ったその獰猛《どうもう》な顔つきからして、恐らくは狼なのだろう。

ようするにだ。人の倍ほどはある化物《ばけもの》じみた白狼が、闇夜の一点を切り取るようにして空中に浮かんでいたわけだ。さすがに現実の出来事とは思えない。逢魔《おうま》が時《とき》とはよく言ったものだ。いや大禍時《おおまがとき》の方が正しいのだったか。そんな益体もないことを考えつつ、呆然と怪物を眺めていると、

「――このまま消え去るのが、おぬしの望みか？」

そいつはいきなり問いを投げかけてきた。意外にも高めのトーンの声であり、少年と青年の中間くらいのものに聞こえる。

わたしはすぐに答えを返そうとしたが、何故だか喉がひくりとも動かず、そのせいで言葉を発することができない。

「魂に声帯などあるわけがあるまい。常識で考えろ」

嫌みのような言葉が飛んできた。くそう、非常識の権化みたいな存在が常識を語りやがって。なら人語を話す狼がどこにいるというのか。

胸の中で軽口を叩いていると、やがてその金色の瞳がわたしを射貫《いぬ》くように強く見つめてきた。

「全部聞こえておるからな。我には魂の声を聞く力があるのだ」

――あ、そうでしたかすみません。どうか聞かなかったことに。

「ふん、まあいい。もう理解しているとは思うが、おぬしは死んだのだ。……ん？随分と殊勝な態度ではないか。あれだけの大立ち回りをして死んだ女だ、もっと気骨があるものと思っていたがな。下を見てみるがいい」

促されて視線を直下に向けた途端、目に映ったのはわたし自身の死体だった。

口を半開きにしたまま事切れたわたしが、三つの人影に囲まれている。

——ちょっとあんたら、見てないで心臓マッサージするとか救急車を呼ぶとかしなさいよ。こちとら栄えある殉職者様だぞ。

そのくらいは手を尽くしてくれてもいいんじゃないかと思う。まあ今さら何をしても無駄なのだろうけれど……。

と、考えた瞬間、不可思議な出来事が起こった。先程までオタマジャクシのような見た目だったわたしの魂の形状が、生前と変わらぬ人の姿に戻ったのである。

一体全体、これはどういうことなのだろう。

「何もおかしくはない。おぬしの自我が、己の姿をそう認識しただけのこと。我の目には今も変わらず、ただの人魂に見えておる」

なるほどわからん。理屈はまるで不明だが、とにかくそういった決まり事があるらしい。ただ、自分の姿形なんて今さらどうでもいいと感じた。

そんな些細なことよりも今後の行く末が気になって仕方がない。こう見えても生前はたくさん善行を積んだつもりである。だから天国に行けるといいな。

「くだらん。おぬしは天国になど行けぬ」

至近距離まで近付いてきた狼が、へっと嘲笑《あざわら》うように口の端を吊り上げる。

「六道輪廻《ろくどうりんね》の概念を知っているか？　この世に生きる全てのものは、死ぬ度に異なる世界に生まれ変わって生き直す。無限に生と死を繰り返す定めよ」

――もちろん知っています。その六道の中に天上界がありますよね。生まれ変わるならそこで良いですよ。贅沢《ぜいたく》は言わないので。

「分不相応だと言っておるのだ！　おぬしの生まれ変わり先は既に決定済みだ。これから我が連れていってやろう。異存はないな？」

――あ、天上界が駄目なら畜生界でいいですよ？　あれってようするにワンニャンパラダイスでしょう。望むところです。ちなみにわたしは犬派ですので。

「阿呆《あほう》。何を想像しておるのか知らんが、目を輝かせて望むような世界ではないわ。おぬし自身が畜生に生まれ変わる世界だぞ？　くだらぬことばかり口にしておらんで疾《と》く準備をせよ。もう行くぞ」

――準備なんてあるわけないでしょうに。着の身着のままで行きますよ。……いえ、魂なんだから身に着けているのは業《ごう》とかですかね？　業の身業のままですよ。

「いや、あのな、おぬし……」

白狼はそこで一度言葉を途切れさせ、首を傾げるような仕草をみせた。

「何やら異様に肝が据わっておるが、我が怖くはないのか？　先ほど死んだばかりだろうに、少しは狼狽えたりせんのか？」

――いやぁ、お迎えに来たのが死神とかだったら、もっとビビり散らかしたかもしれませんけどね。

そこでわたしは改めて、まじまじと彼の姿を観察した。銀に輝く豊かな毛並みは見る限りとても柔らかそうだ。なのに顎の輪郭も全体のラインも非常にシャープで格好良く、尻尾は全身を包《くる》めそうなくらいに長い。

目つきは時に刃物のような鋭さをみせるが、大きな瞳は円《つぶ》らかでくりくりと輝いていて愛らしかった。さらに頭の上にはぴょこぴょこと動く三角形の耳があって、正直もう撫《な》で回《まわ》したくて仕方がない。

――わたしってイヌ科動物全般いけるんですよね。犬歯を剥き出しにされても可愛いなとしか思いませんよ？　今度お暇なときにブラッシングとかいかがですか？

「本当に変わった女だな……。まあいい、異存はないのだな？」

──またそれだ。何回同じことを訊くんですか？　なんか怪しいんだよなぁ。

白い狐は神の使いだと謂われている。だから白い狼も似たようなものなのだろうとは思うが、彼が善なる存在だという確信は持てない。

全身から漂う厳かな気配には、神聖さとしか形容できない力の圧を感じるが……。ならばなおのこと不自然ではないか？　問答無用で連れて行かないのは何故か。

──送り狼《おくりおおかみ》って言葉知ってますか？　最近、上司から注意しろって言われたばかりなんですよね。

「意味がわからん。さっきから何を言っているのだ、おぬしは」

口元を〃へ〃の字に曲げる彼。何やら呆《あき》れられているようだが、正体不明な相手とのやりとりは細心の注意を払ってしかるべきだ。

神話や寓話《ぐうわ》ではお決まりのパターンではないか。「何があっても振り返ってはいけない」とか「この箱を開けてはならない」とか「機織りをしているところを覗いてはならない」とか。一瞬の油断が取り返しのつかない事態を招くことも往々にしてある。

怪訝な思いを視線に込めつつ見ていると、しばらくして彼は根負けしたように目を逸らした。それからやけに小さな声になりながら言葉を紡いでいく。

「……異存はないと言え。そうすれば契約は成立となる」

——ああ、悪魔との取引みたいな感じですか。洒落《しゃれ》にならないリスクがあるやつですよねそれ。わたしの方のメリットは？　何かあるんですか？

「もちろんちゃんとある。おぬしに別の道を示してやろう」

——へえ。別の道ってなんです？

「輪廻ではなく、同じ場所へと還る道。すなわち蘇生だ」

えっ、と目を見開きながらわたしは驚いた。それはリスクを取って余りあるほどの、想像以上にとんでもないメリットだったからだ。

この白狼、神様からそんな権限まで与えられているのか？

「いいや、そうではない。本来ならば許されることではないが、しかしおぬしの言う通り、我の方にも少々事情があってな……。とある条件をおぬしが呑むのなら、約束してやってもいい。いつかおぬしをこの世界に還してやると」

——だったら契約しますよ。喜んで。

即答だった。悩む余地などありはしなかった。何故ならわたしには夢があるからだ。道半ばで諦めるわけにはいかない。

「……そうか。あっさりしすぎて逆に気持ちが悪いが、まあよい。契約は成った」

心底安堵したように、薄笑いを浮かべてうなずく彼。

「ではもう行くぞ。あまりのんびりもしていられん」と、すかさず次の行動に移ろうとするところを、「ちょっと待って」と念じて一度制止する。

――その前にあなたの名前を伺ってもいいですか？　これから何と呼んだらいいかわからないし、契約にだって名前は必要ですよね？

対外的な書類には署名捺印《なついん》を求める、これはお役所仕事の鉄則である。

「ぬ、名前か。今の我にはそんなものはない。おぬしが好きに」

――シロとギンだったらどっちがいいですか？　もっと可愛いのがいいならココとかミルクとか白玉《しらたま》とか。マシュマロみたいだからマロとか。

「ふざけるな！　全部ありえん！　我には相応しくない！」

鋭い牙を剝き出しにして、ぐるると唸り始める狼。

でもわたしにとっては可愛いだけだ。モフり回したい。

「ええい、堪《こた》えんやつだな！　ならば、さっきおぬしが口にしておったあれでいい。かつては似たような名で呼ばれておった気もするしな」

――あれって何です？　ワンニャンパラダイス？

「違うわ痴《し》れ者《もの》が！　おぬしが最初に言っておったであろうが、〝逢魔が時〟とか何とか。だから我の名は逢魔《おうま》でいい。今後はそう呼べ」

──えぇ……？　それ全然可愛くない……。

わたしに任せてくれればもっと素晴らしい名前を考えてあげるのに。……そうだ、花の名前をとってスノーフレーク。あだ名はスフレとかいいんじゃないか？

そんな思念を飛ばしかけたが、しかし間に合わなかった。

「決まりだ決まり！　もう行くぞ！」

吐き捨てるように言って顎を開き、彼はわたしの襟首をぱくっと咥《くわ》えてしまう。

直後、後ろ脚で空を掻くようにして跳躍した狼は、その勢いのままぐんぐんと加速していき、見る間に音の速さを超えて光の矢となった。

とても人間に耐えられる速度ではない。だから直ちに意識を手放したのだが、閉じられた目蓋の裏側には、最後に見た光景がずっと焼き付いていた。

強風になびく尻尾の眩《まばゆ》い白さだけが、やけに鮮明に残されていたのである。

あのまま彼は、夜空を引き裂いて飛翔《ひしょう》したのだろう。人々の儚い望みを託された、一筋の箒星《ほうきぼし》のように。


「──というのが大体の経緯ですね」

陰陽寮の一階に設けられた食堂の片隅で向かい合い、わたしがこの世界にやってきた成り行きを話して聞かせると、途端に朔也は頭を抱えてしまった。

「君の正体は識神でも何でもなく、異界より訪れた普通の人間だと？」

「有り体に言えばそうなりますね。でも異界からの来訪者のことを識神と呼んでいるみたいですので、そういう意味では間違っていませんよ」

焼き魚を箸先で解体しつつそう答え、こちらからも訊ねてみる。

「一件だけ先にお訊きしておきますけど、今後、あなたのことは何と呼べばいいのでしょうか。これまで通りにお兄様？　兄上？　それともお兄ちゃん？」

「選択肢がそれだけしかない理由がわからないが……」

と、彼はこれ見よがしに嘆息した。

「今さらの話だ。好きに呼んでくれ。僕はあなたの兄ではないが、そこに配慮を求めても不毛そうだ」

「では今まで通りお兄様と呼びますね」

「それでいい。話を戻そう」

彼はこほんと咳払いを挟んでさらなる疑問を口にする。胸の前で両腕を組み、椅子の背に仰《の》け反《ぞ》るような体勢になりながら。

「その白い狼……謎の神獣と君は契約を結んだわけだ。詳細な内容は？」

「ええとですね、一言一句そのまま言いますよ？　『おぬしの望みを叶えてやろう。ただし、我がこれから与える使命をおぬしが果たせたならばだ』」

「使命とはなんだい？」

「『望月詠美を助けよ』と、それだけでした」

「詠美を助ける……？　どうして神獣が詠美のことを？」

「わかりません。彼女が逢魔の本当の契約者だからですかね？　でも彼女は逢魔を神降ろししたことにより、体力と精神力を著しく消耗した。そのため意識を失い、放置すれば命の危険すらある状態だった。だから逢魔が一計を案じてわたしの魂を異世界から連れてきた」

「確かに辻褄は合っているみたいだけど……。まあ君の正体が、人間の振りをしている神様だという可能性もゼロではないけど、追及しないでおくとしよう」

納得の言葉を口にしつつも、彼はまだ不本意そうに唇を歪めたままだ。

「仮に今、君が妹の体を離れたらどうなる？」

「ぱったり倒れちゃうかもしれませんね。今でこそ平気そうに見えるでしょうけれど、最初は本当に酷かったんですから。何を食べても吐いちゃうし、階段を上り下りするだけでへとへとになるしで」

「あの儀式がそこまで体の負担になっていたのか」

「え？　いや、儀式ってあれですよね、敷島小允がやっていたやつ。あれはまったく関係ありません」

彼にだけは真実を話しておくことにする。それで全ての疑念を晴らせるとは思わないが、誠意を示すためには必要なことだ。

「わたしがこの世界にやってきたのは、本当は今から一ヶ月前のことです。あの儀式の際に稲妻に打たれたのは、いわば偽装工作というやつでして」

「偽装工作だって？　何故そんな真似を？」

「ああいった派手な演出でもなければ、この身に識神が宿ったことを誰にも信じてもらえそうになかったから、ですね」

実際、同僚の巫女たちには鼻の先で笑われたのだ。

詠美に取り憑《つ》いた当初は本当に大変だった。肉体は衰弱していて思うように動かせないし、助けてくれそうな人もいない。頼りの逢魔も数日に一度顔を見せる程度だったし……。

そんな過酷な状況で生活しつつ、いろいろとこの世界について調べた結果、わたしは一つの結論に辿り着《つ》いた。何の実績もない雇われ巫女の一人が、世間的には不可能と思われている神降ろしを成し遂げたと口にしても、誰も本気にはしてくれない。

「だから逢魔に頼み込んで幻《まぼろし》の雷を落としてもらい、それに打たれて気絶したように見せかけました。そこから先の話はお兄様も知っての通りです」

「待ってくれ。どうしてそこまでして詠美を表舞台に引っ張り出したんだ？　体調を元に戻すだけなら、望月家で普通に生活しているだけで……」

「一ヶ月あそこで暮らしてみて、それでは駄目だと思ったんですよね。詠美ちゃんは逢魔を降ろす以前から、拒食症《きよしよくしよう》を患っていたようなんです。最初の頃は無理やり口に食べ物を詰め込んでいるだけで、周りの巫女から大層驚かれました」

だから環境を変える必要があると考えた。彼女にこの体を返すときがきたとしても、すぐにまた倒れたら契約が不履行になってしまう恐れがある。

あと、絶対に口には出せないが、正直に言うとめちゃくちゃ暇だった。せっかく異世界にやってきたのだから、やたらと閉鎖的な巫女社会を飛び出して、もっと外を出歩いたりしてみたかったのである。

「望月家でそんなことが」と口にして朔也は目を伏せる。「随分痩せているな、とは思っていたんだ。髪も売ってしまったと言っていたしね……。真面目な詠美のことだから巫女として十分に働けない自分を恥じ、家に迷惑をかけたくないと思い詰めて、自ら食事を摂らなくなったのかもしれない」――

妹のおかれていた過酷な環境に思いを馳せているのか、彼は両手で顔を覆いながら、何度も首を左右に振ってみせる。

それからしばらくして、おもむろに机上に手をつくと、何故かこちらに向けて深々と頭を下げてきた。

「妹を助けてくれたことに感謝する。本当にありがとう。この恩は決して忘れない」

「いえいえすぐに忘れてください。わたしも目的があってやっていることですので」

にこやかに掌を振って返すと、彼は少ししてから顔を上げ、真顔のまま真っすぐに目を合わせてきた。

心から感謝は捧げるけれども、用が済んだらちゃんと体を返してくれ。言外にそういった意思を匂わせつつ、「ではこれからのことを話そうか」と口にする。

「本当の名前を教えてくれないか？　今後は君のことを何と呼べばいい？」

「名前は透《とおる》です。武山《たけやま》透といいます」

「わかった。他の人がいない場所では透と呼ばせてもらうよ。これまでに聞いた事情からすると、陰陽師として積極的に仕事をする必要はないと思うんだけど？」

「望月家の外に出るためには、神降ろしを成功させたと公表する必要がありました。

だから結局こうなっていたと思いますよ？　陰陽寮が識神の存在を放置するはずがありませんので」

「力を示さなければ望月家に連れ戻されるだけ、か。だったら仕方がない気もするが、君の場合、ちょっとやりすぎな感も否めない」

朔也はそこからやや語気を強め、前のめりになりつつ問いかけてくる。

「異界で生きていた普通の人間、と言っていたけど、それにしては知識が専門的過ぎる。明らかに犯罪捜査の分野に特化しているよね？　君は一体、あちらの世界でどんな仕事をしていたんだ」

「ああなるほど。なかなか警戒を解いてくれないなと思っていたら、それを気にされていたのですね。わたしはあちらの世界で刑事《けいじ》をしていました」

正確な肩書きを言うならばこうなる。奈良県御所《ごせ》警察署、刑事課鑑識係員。

いわゆる一つの女刑事というやつだ。

「――要約すると、君の死体に関する知識と、内務省に残された死亡事故の記録を照らし合わせれば、どれが殺人なのかを判別できるって話だよね？」

内務省の資料室に場所を移した後も、わたしと朔也の二人は雑談を続けていた。彼には以前から調べたいと考えていた事件があるようだ。

「要人が死亡した場合だけですけどね。どうやらこの国では、被害者の身分によって捜査の精度を変えているようです。一般市民が被害に遭った場合には明らかに手抜きをしています。詳細な情報がほとんど残されていません」

「まあ捜査員の数も限られているからね……。とりあえず一つだけ教えてくれないか。死亡事故の記録を読んだのなら、建部元内務卿《たけべもとないむきょう》の焼死事件を知っているはずだ」

「ああ、資料で見た覚えがありますね。もしかしてお知り合いの方ですか？」

「そうだね、僕にとっては大恩人と呼べる人なんだ。昔からずっと目をかけてくれて、僕を陸軍省に引き上げてくれた方だよ」

彼の弁によると、建部久人《ひさひと》という故人は当代きっての傑物であり、軍部においては中将の地位にまで上り詰めた人物らしい。

後に内務省に転属すると、内務卿と呼ばれる地位につき、行政全体を指揮監督する立場にあったとのこと。元世界での副総理に相当する人だったわけだ。

「身長は二メートルを超えていて、体格も屈強そのもの。まだ四十代という若さも相まって、今後の日本を牽引《けんいん》していくのはあの方以外にはいないと言われていた」

「とんでもない人物だったみたいですね。ひょっとして異能持ちの方でした？」

あちらとは異なり、この世界では怪異と呼ばれる異形の生物が実在している。そして人と怪異が交わった場合、特別な能力を有した者——異能者——が生まれることがあるという。

「ああそうだ。建部卿の頭には小ぶりな角が二本生えていてね。ご自身が仰るには、かつてこの国を震撼《しんかん》させた鬼の王——酒呑童子《しゅてんどうじ》の末裔だそうだ」

「その血筋を証明する手段って何かあるんですか？　家系図が残っているとか」

「いいや、何もないよ。鬼神の力を持つ異能者だったことは間違いないが、酒呑童子かどうかまではわからない。ただ確かに、お酒はたくさん飲まれる方だった」

「故人に対して失礼かもしれませんけど、何だか適当じゃないですか？」

「ははは、まあ大らかな方ではあったよ。その上豪気で奔放で……。あと陰陽頭とは親友同士でね、陰陽寮廃止論が世に囁《ささや》かれる度に、剛腕を振るって存続を取り付けたりもしていた」

だから全ての陰陽師にとってあの方は恩人なんだ、と朔也は続け、それから言い淀むようにしながら「もしかしてあの事件も？」と訊ねてくる。

わたしは即座に断言した。「暗殺でしょうね。ほぼ間違いなく」

「なんてことだ……」

彼は一瞬瞠目し、額に手を当てながら上体を後ろに反らしていくと、やがて天を仰ぐような姿勢になった。

「……それ、もう誰かに言った？　たとえば陰陽頭とか」

「御門晴臣様にですか？　言いましたね。訊かれましたので」

「そうか……。そうだろうね」

元の体勢に戻ったところで、頭を振って口を開く。

「世間的にも注目度の高い事件だったし、たった一月ほど前の出来事だしね。一時期、新聞各社の報道はそれ一色だったよ。根も葉もない憶測も多分に含まれてて、正直、とても腹が立った」

「建部卿のことが好きだったんですね、お兄様は」

「好き、とは違うかな。ただ尊敬していただけだよ」

「もしかして仇《かたき》を討ちたいとか思われてます？」

「暗殺されたというのが事実なら、僕は犯人を許せないだろう……。もしもこの事件を調べ直したいと言ったら、協力してくれるかい？」

「わたしは構いませんけど、陰陽頭が何と仰るか。国の暗部に関わられたくないみたいなんですよね、何となく」

「僕もその気配は感じていた。許可を得るのは難しいかもしれない」

「むむう。まだまだ調べる余地のある事件だと思うのですが……」

と言ってわたしが頰を膨らませたところ、朔也は微苦笑の表情になった。

いかんいかん。もしも元の世界で同じことをしたならば、失笑では済まなかったに違いない。こういう可愛い仕草は美少女にしか許されないのだ。だから詠美の姿を借りている今なら大丈夫なのだろうが……。最近、この若い肉体に行動が引き摺られてきている気がする。

速やかに話題を変えよう。「ちょっとお訊きしていいですか？　わたしがここへ来てしばらく経ちますけど、陰陽師のみなさんとの間に溝があるように感じられて」

「溝か……。自覚はあったようで何よりだけど、理由がわからないようでは危ないかもしれないな。どう説明したものか」

彼は何やら言葉を選びながら、「あのね」とさらに口を開く。

「まず理解して欲しいんだけど、陰陽師は基本的に秘密主義者なんだ。陰陽道の大家にはそれぞれ秘術として伝えられている特別な術があって、その他にも独自の秘密は山ほどある。他家に手の内を明かさないのは当然のことだと考えられている。だから必然的に血筋が最も重要視される。その家に生まれなければ術を学べないから」

「エリート意識が強い、と。それは感じていましたけど」

「そうなんだ。彼らはとても気位が高い。他者から教えを受けることをよしとせず、独善的で閉鎖的な思考形態をもっている。そして根本の部分で研究者肌だ。全員が何かしらの研究を常に抱えていて、いつか革新的な発見をし、自らの名前を歴史書に刻むことを夢に見ている。だからね、誰も犯罪現場になんて行きたくないんだ」

「ええ？　ちょっと待ってくださいよ。でも怪事件の捜査は陰陽師の役目なんですよね？　それは間違いない話だって」

「まあね。たとえば被害者が呪術によって死亡したと見られる場合や、怪異に襲われたと判断される場合。あとは現場で発見された正体不明の何か……そういったものの鑑定を頼まれることもある」

「つまり捜査機関じゃなくて研究機関。科捜研《かそうけん》みたいな立ち位置ですよね」

「カソウケンが何か知らないけど、研究機関という認識は正しいよ。でも研究のためであっても君がやったみたいに死体を解剖したりはしない。というより大半の陰陽師は極力死体には近付こうとしない。死の穢《けが》れに汚染されることを恐れるから」

「死体に近付かない？　陰陽師なのに？　わたしの認識では、陰陽師って亡霊をお祓《はら》いしたり、反魂の儀式を行ったりとか」

「亡霊を祓《はら》うことを求められる場合もないとは言わないが、本来それは僧侶の役目だ。あと、完全なる反魂《はんごん》は不可能と結論が出ている。……話を戻すけど、陰陽師が死体の穢れを忌避するのは、昔から高級官僚だったせいだ。明治の初めまでは天帝《てんてい》に直接暦を献上したり、天変地異に関わる占いの結果を奏上したりしていて」

天帝とはこの国の象徴的な存在だ。国家の開闢《かいびゃく》以来、代々君主として都の中心に在り続け、直接的な権力を剝奪された今もなお全ての人民に心から尊ばれる現人神《あらひとがみ》であるという。

「天帝に穢れを近付けるわけにはいかない以上、陰陽師も死という現象には極力関わらないようにしていた。今では穢れなんて迷信だと理解されているけれど、それでも大抵の陰陽師は好んで死体には関わらない」

「理由はわかりましたけど、死体に関わらないでどうやって捜査するんですか」

「だからしないんだ。陰陽師は捜査活動なんてしない。やるのは僕みたいな軍からの出向者ばかりでね」

「軍からの……って、お兄様以外にどなたかいらっしゃるんですか？」

「いないよ。僕一人だ。四月に出向してきて以来、僕一人で全てをこなしてきた」

「いやいやいや、嘘でしょう？」

思わず一度絶句してしまい、さすがにありえないと首を振りながら口を開く。

「帝都の人口って今、何人くらいいるんですか？」

「二百万人と謂われているね」

「はあ？　それをお兄様が一人で受け持ってたんですか？」

「管轄は近郊までをも含めるからもっと多いよ。怪事件と見做《みな》されたものの割合が低いおかげで、何とかやってこられたけど」

「それでもお兄様一人で何とかできる数だった……？　どう考えても人口に見合っていません。誰もおかしいとは考えなかったんですか？　誰にも見えない怪異が都の中で暗躍しているのではと、警戒すらしていないんですか？」

「耳が痛い話だ。寮に籠っている陰陽師たち全員に聞かせたいくらいだけど、彼らは妄信しているだけなんだと思う。帝都全体を包み込んだ、この強固な積層結界を」

都を取り囲む分厚い結界の下には、最上位の怪異でなければ侵入できないとされている。だから都内での怪事件はそもそも非常に稀であり、朔也が現場に呼ばれる場合は郊外であることが大半なのだとか。

けれども納得はできない。怪異の力を受け継いだ異能者は、何の問題もなく結界の下で暮らしているではないか。彼らが人知を超えた能力を用いて犯罪を犯したとき、それが怪事件かどうかを警官たちだけで判断できるのだろうか。

いやそれ以前の問題として、結界を過信する風潮がそもそもまずいと感じる。

だってわたしをこの世界へと導いたあの狼神は、結界の影響なんてまるで意に介した様子もなく、自由気ままにその辺をうろつき回っているからだ。

近頃は夜ごとにわたしの部屋に忍び込み、布団の足元側で丸くなって寝ているくらいだ。ちなみに今朝もその重みで目が覚めた。

「課題が山積みのような気がしますけど……。とりあえずわたしは今までと同じように、お兄様の仕事を手伝えばいいんですかね?」

「捜査活動は難しいかもしれないね。陰陽頭も本音では、これ以上現場に顔を出して欲しくはないんだと思う。識神研究の第一人者である陰陽師としては、君の知識を引き出して記録できればいいわけだし」

「板書をノートに写すだけの学生気分ですか。だから彼らはあんな態度で……」

「言い方は悪いかもしれないけど、陰陽師にとって君は、希少性のある実験動物みたいなものだよ。今後は立場を弁えて、勝手な行動は控えてくれると助かる」

にこりと深い笑みを作り、物腰柔らかながらも意地悪なことを言う彼。

これまで身分を偽っていたことに対する意趣返しか。もしくはただの悪戯心《いたずらごころ》か。

「どうか心を強く持って欲しい。今後も近くから応援しているよ。君が詠美に体を返してくれる、その日まではね」

「他人事《ひとごと》みたいに言わないでくださいよ。このままわたしがあっちの世界に戻ったら、詠美ちゃんがどうなるかわかってます？」

識神を召喚できるからこそ、詠美は女性陰陽師として認められているのだ。であればわたしがいなくなった途端、陰陽寮から放逐されてしまう恐れがある。

彼女を本当の意味で救うためには、誰にも口出しできなくなるほど実績を積み上げるしかなさそうだ。だが現場に赴く許可が出ないのであればそれも難しい。とはいえもう望月家に帰ることもできない。

進むも地獄、戻るも地獄というわけだ。こんな状況でどうしろというのか。

わたしが元の世界に還れる日はいつになるのだろう。いろいろとやり残したことがあるというのに……。たまらず絶望感に打ちひしがれ、萎《しお》れた植物のようにへろへろになって机上に倒れ込んでしまった。

「だ、大丈夫かい？　ごめん、少し言い過ぎたかな」

落ち込ませてしまったと気付いた朔也が、目に見えてあたふたとし始める。

中身が妹ではないと理解していても、面前で意気消沈されると慰めずにはいられないらしい。優しい心根の人なのだなと思う。

「突き放すようなことを言ってすまない。だけど少なくとも僕は君の味方であり続けるつもりだよ。誓ってもいい」

取り繕うように早口で喋り出す彼。本心から案じてくれるその様子に心温まるものを感じつつ、内心ほくそ笑みながら耳を傾けるわたし。我ながら子供じみた行動だと感じるが、この体に染みついた詠美の残滓《ざんし》に引き摺られているせいに違いない。

元々、わたしは感情の起伏が激しい性質《たち》ではなかった。いつも無表情で無感動で、何を考えているかわからないとみんなから言われていた。

思考が人より飛躍気味であり、時に突飛な発言をするらしく、そのせいで初対面の人に驚かれることが多かった。だから極度の人見知りになってしまった。

でも今はまったく違う。喜怒哀楽がそのまま表に出ていってしまう。なのに無理に本心を押し隠さなくてもそのまま受け止めてくれる人がいて、それが少々気恥ずかしくもあるが、不思議と心地よくもあった。

だから思うのだ。元の世界に戻るまでの間だけでも、この借り物の人生を楽しもうではないかと。現状の打開にとても苦労しているのだから、それくらいの役得はあって然るべきだ。

ただ残念なことに、その平穏な時間は長くは続かなかった。せっかく泣き真似をして朔也の反応を楽しんでいたのに、資料室のドアが音を立てて開き、無粋《ぶすい》な闖入者《ちんにゅうしゃ》が足を踏み入れてきたのである。

「――こんなところにいたのか。随分と探してしまったぞ」

声をかけてきたのは長髪の青年だ。名前は敷島総司といっただろうか。

彼の顔立ちはどちらかと言えば西洋人寄りだ。鼻筋がすっきり通っていて頬骨が低く、自然と人目を引くような派手さがある。目尻が神経質に切れ上がっているところも見方によっては美点になるだろう。

総合的には美男子の範疇にある人物だとは思うものの、本人の自意識の高さが滲《し》み出しているのか、その立ち居振る舞いには良く言えば気高さ、悪く言えば気取った感じが見て取れる。

「……あ、お疲れ様です」

正直に言うと苦手なタイプの相手だ。それでも条件反射で頭を下げたところ、朔也も無言であとに続いた。

しかし何故か、そのあと数秒が経過してもあちらからの返事はない。

自分から声をかけてきたくせにこれはおかしい。奇妙に思って視線を上げてみると、敷島は苦いものでも口にしたような顰《しか》めっ面をしていた。

「実はな、おまえたち二人に頼み事があってきたのだ。今、少し時間はあるか？」

「え、はい、それはその、構いませんが……」

聞くだけ聞いてみようと承諾した隣で、「あの敷島が頼み事とは」とばかりに朔也が目を丸くし、すっと息を呑んだのがわかる。

どうやらこの二人の間には確執があるらしい。過去に何があったのかは知らないが、朔也が彼のことに言及する度、棘《とげ》々しい感情が見え隠れするのは事実だ。

敷島の方も薄々それに気付いているはず。その蟠《わだかま》りを乗り越えて話を持ち掛けてくるだなんて、何だかとても嫌な予感がした。

我知らず身構えていると、

「縁談だ」ごく端的に彼は用件を口にした。「縁談が進んでいる」

「ええと……？　それってつまり、結婚の話ですよね？　その、すみません。どなたとどなたが、でしょうか」

「実に不本意ではあるが、俺とおまえとの、だ」

またもや簡潔に敷島は告げ、そして人差し指の先をこちらへ向けてきた。

「ああなるほど。わたしと敷島――――はあっ⁉」

思いがけず大きな声を出してしまう。一拍置いて口を押さえたがもう遅い。

「喚《わめ》くな。異論を唱えたいのはこちらの方だぞ。まったく……」

「ちょっと待ってください！」

そこで割って入ったのは朔也だ。

「あまりにも突然過ぎますよ。詠美との縁談ですって？　何故そんな話に？」

「相変わらず物分かりの悪い男だな。俺も不本意だと言っているだろうに……。だが家の意向には逆らえん」

敷島はこれ見よがしに大きな溜息を放つと、話を先へと続けた。

「まだ公表はしていない。絶対によそに漏らすなよ？　秘密裏にではあるが敷島家と望月家との間で縁談が進みつつある」

「ですからどうしてそんな話が出てくるのです。家格が釣り合わないのでは」

「承知の上だ。どうあっても優秀な巫女の血を取り入れたいのだろう。敷島家で識神召喚を成功させた者は、徳川時代まで遡らなければ存在しないからな」

「だからといってめちゃくちゃですよ。本人の同意すら得ていないのに」

「俺に文句を言っても始まらんぞ。これは家の意向だと言っている。ただ、幸いにもまだ決定ではない。この話を聞いたからにはおまえたちにも協力してもらう」

「何を協力しろと言うのです」

「決まっているだろうが。速やかにぶち壊すぞ、この縁談を」

歯を見せて剣呑な雰囲気を漂わせ始める彼。その迫力を前にわたしは首を縦に振ることしかできないが、朔也の方は何やら不満げな様子だった。

何ともはや、事態は急転直下の様相を呈してきた。いつしか窓の外に広がる空も、不吉な気配を宿した暗雲に覆われてしまっている。

どこかから遠雷の音が聞こえてきて、これぞまさに青天《せいてん》の霹靂《へきれき》だな、なんてくだらないことを考えてしまったのだが……。

ほどなくして誤解に気が付いた。雷鳴などではなかった。そのぐるぐるという何かを転がすような音は、近くにいた神獣の不機嫌な唸り声だったのである。

敷島は彼のお眼鏡にかなわなかったらしい。でも噛みつくのだけは勘弁してあげて欲しい。別に同情しているのではなく、事後処理がとても大変そうだから。

世の中には面倒な決まり事がたくさんあり、性質の悪いものほど世間から隠される傾向にある。古くからの慣習だの不文律だの暗黙のルールだの、呼び名は様々あれど意味するところは同じで、部外者から見れば不条理に感じられるものばかりだ。

「何とかならないんですか」

「今のうちに異議を申し立てるしかないが、私には無理だ」

敷島家との縁談の件について、早速晴臣に相談した朔也であるが、結果は見ての通りだ。その整った顔立ちを落胆に歪めただけであった。

「華族《かぞく》の縁談に他家の者は口出しできない。そんなことをすれば家同士の抗争に発展してもおかしくないからだ」

いわゆる貴族階級にある者のことを華族と呼ぶそうだが、彼らの縁談は庶民のそれとは違い、一度まとまってしまえば撤回することは非常に困難だという。

「困難なのは理解しています。少しでも可能性があるのなら教えてください」

「破談にできるのは敷島家と望月家の両当主だけだ。だが直談判しようにもな……」

どちらも朔也の身分で面会が叶う相手ではない。つまりどう足掻いても無駄なのである。そんな厳しい現実に直面し、彼は拳を強く握りしめるばかりだった。手の甲の血色が悪くなるほどに強く。

難儀なものだ。わたしたちからすれば理不尽に感じられるが、貴人たちの界隈ではこういった話も珍しくはないらしい。縁談とは家と家の縁を結ぶための相談であるため、当事者の意向なんて考慮されることの方が稀なようだ。

「だから言っただろうに。取り下げさせるのは容易《たやす》い話ではないと」

失意に暮れた彼を伴って執務室を出ると、廊下で待ち構えていた敷島が声をかけてきた。

「ただしまだ本決定ではない。敷島家当主——俺の祖父が独断専行しているだけで、望月家の当主も首を縦には振っていない。今の段階でなら潰すことはできる」

「敷島小允自身も乗り気ではないようですが？」と朔也。

「当たり前だ。神降ろしを成功させた功績は認めるが、取り柄といえばそれだけではないか。特別に器量よしというわけでもなく、性格は暗そうで品性も感じられない。どこに気に入る要素があるというのか」

「ほう。うちの妹に不満があると？　もっと詳しく教えていただいても？　長くなりそうなので少し表に出ません——」

「すみませんけど、お兄様は黙っててもらえます？」

見るに見かねて二人の間に割り込んだ。秘められた妹愛が暴走しそうになった朔也は激しく舌打ちを繰り返しているが、話が複雑化するだけなのでやめて欲しい。

一方、敷島はどこか不思議そうな表情である。あれだけ罵《ば》り詈《ぞう》雑言《ごん》を並べておいて、呆れたことに悪気はないらしい。これが育ちの違いというものか。

「敷島小允はどのようにして破談にするつもりですか。何か妙案でも？」

「無論のこと案はある。明日にでも……いや、善は急げと言うな。今日これから敷島家の屋敷に向かうとしよう。おまえを当主に面通しさせれば、全て解決するはずだ」

「会うだけで？　どういう意味ですかそれ」

「単純な話だ。おまえのような貧相な女を気に入るはずがない。一瞬で幻滅させられるはずだ。それで事は足りるだろう」

「ああそうですか。やはり喧嘩を売られていましたか」

物騒な目つきになって一歩前に踏み出した朔也。

「わかりました。表に出たくないと言うなら今ここで雌雄《しゆう》を決し――」

「どうどう、お兄様。その憤りはよくわかるのですが、話が先に進まないのでどうか抑えてください。全部終わったら好きにしていただいて構いませんので」

「そうだ、話を進めさせろ。まったく兄妹揃って落ち着きがないことだ。おまえたちの様子を見れば、犬上家は没落して当然だったとわかるな」

敷島は目を瞑りながら肩を竦めてみせる。一体誰の言動がこの状況を生み出していると思っているのか。まるで自覚なしとは恐れ入る。こいつを育てた親の顔が見てみたくなった。

腹の奥から込み上げる感情を何とか押し留め、少し冷静に考えてみる。今は黙って敷島の言に従い、屋敷に案内してもらう方が得策だ。その上で、当主に直接この憤懣《ふんまん》をぶつけてやれば、恐らく即座に破談になるだろう。

なんだ、簡単な話ではないか。そもそも今のわたしは仮初《かりそめ》の存在だ。詠美に無断で結婚の約束なんてするわけにはいかない。なら全部ぶっ壊してやるだけだ。

そうすればすっきり解決。とても晴れやかな気分になれるに違いない。

踵を返して再び執務室に戻ると、ぎょっとした様子の晴臣を尻目に三人分の早退届をその場で書き上げ、それから勢いよく啖呵《たんか》を切った。

「今日中に片をつけてきますのでどうか吉報をお待ちください。望月詠美は決して、たとえ天地がひっくり返ろうとも敷島家の嫁になんてなりませんから！」

大内裏から馬車を三十分程度走らせたところ、やがて純和風建築の古めかしい屋敷が見えてきた。予想よりも豪華絢爛《ごうかけんらん》ではないが、格式の高さを感じさせる荘厳な外観だ。威容を誇っていると表現してもいいくらいである。

中心街にほど近い場所にも拘わらず、驚くほど広大な敷地を占有しているようだ。周囲の庭園や使用人寮などを含めれば、もはや一つの村落の規模に匹敵するのではないだろうか。お金はあるところにはあるものだなと感心する。

ただし土地の起伏はやや激しく、場所によってはかなり高低差があるようだ。その傾斜を利用して滝壺《たきつぼ》までもが設けられているようだが、外敵に攻められにくい地形をわざわざ選んだ結果なのだという。

常用している公用車は二人乗りのため、敷島の馬車に相乗りさせてもらう形でここまできたのだが、門前に辿り着いた頃には馬の息が荒くなっていた。やはり坂の勾配が急すぎたか。

「――祖父君《おじぎみ》はどこだ？　話があると伝えろ」

屋敷の玄関にて出迎えた使用人の顔を見るなり、敷島は尊大な態度でそう告げた。

「もう部屋で休まれている頃か。それでもいいから呼べ。俺が許す」

「も、申し訳ありませんお坊ちゃま」

相手の老執事の顔色は酷く優れないものだった。体調が悪いのだろうか。

「ご当主はただいま、片時も手を離せない重要な案件に掛かり切りになっておられ、絶対に誰も通すなと命じられておりますれば……」

「何を言うか。ここは俺の生家だぞ？　俺が立ち入れぬ場所などあるはずがあるまい。いいから約束を取り付けてこい」

「できかねます。本当に申し訳――」

「ええい、埒が明かん。行くぞおまえたち」

話がまとまらぬうちから執事を押し退け、強引に奥へと進んでいく彼。その傍若無人さがこういうときには頼もしい。せっかくここまでやってきたのだから、門前払いではたまらない。

早足になりながら長い廊下を歩く途中、幾人もの使用人とすれ違ったが、何故か誰も目を合わせてはくれなかった。みな一様に疲労感が滲み出た青白い顔をしており、ただ口を噤んでわたしたちを見送るばかりだ。

朔也もさすがに不自然だと感じ始めたようで、無言のままに視線を交わし合った。一体、この屋敷の中で何が起きているのか。執事が言っていた「手の離せない重要な案件」とは何なのか。

得体の知れない悪寒が背筋を冷やす感覚を味わいつつ、やたらと横幅のある階段を上っていき、豪奢《ごうしゃ》な絨毯《じゅうたん》を踏みしめて最奥の部屋に辿り着くとそこには――

「ただいま帰りました、総司です。至急聞いていただきたい話が」

重厚な両開きの扉を開くなり敷島が切り出すが、その口上の途中で異変に気付いたらしく、たちまちひゅっと喉を鳴らして息を呑んだ。

さもありなん。部屋の外からはまるでわからなかったが、広間の奥の方に恐ろしく濃密な何かが……淀んだ力場らしきものが形成されているようだ。

「——そ、総司。何故帰ってきてしまったんだ⁉」

狼狽えながら訴えかけてきたのは、小太りの中年男性である。髪色は黒だが頭頂部が綺麗に禿《は》げ上《あ》がっており、鼻の下にあるちょび髭《ひげ》がやや愛嬌《あいきょう》を感じさせる。外見年齢から考えるに、彼が敷島の父親だろうか。

すると奥に見える総白髪の男が現当主であり、敷島の祖父なのだと思うが……ただしその四肢は全て床へと縫いつけられており、這いつくばった格好でこちらを見上げている状態だ。

そして彼の背中の上には、長身の青年が脚を組んだ姿勢で腰をかけていた。一目見ただけでも人外だとわかる、異様な雰囲気を全身から漂わせた存在である。

背中には一双の黒い翼を生やしており、服装は山伏を思わせる黒い法衣《ほうえ》。さらに顔全体を茶色がかった包帯でぐるぐる巻きにしていて、その隙間からかろうじて血走った赤い目と黒ずんだ肌が見えており、やたら長い鷲鼻《わしばな》だけが完全に露出していた。

「そんな馬鹿な……！　なんという力の圧なのだ！」

陰陽師としての直感で相手の強さを認識したからか、敷島が後退りしながら慄《おのの》き始める。

「貴様は一体……？　怪異には相違あるまいが、しかしこの屋敷には結界が……」

外見的特徴から考えると、彼は〝天狗〟と呼ばれる怪異に類するものに違いない。

しかも永劫《えいごう》の時を生きて多くの神通力《じんずうりき》を身に付けた、かなり高位に位置する天狗だと思う。少なくとも帝都の結界下で活動できるほどの力を秘めた存在だ。人の身でどうこうできる相手ではない。

「伯耆坊《ほうきぼう》様だ」

敷島の問いかけには、その父親が答えた。

「かつて我が家門が使役していた強力な識神であり、敷島家隆盛のきっかけとなった最強の天狗様だ。決して歯向かってはならんぞ」

「お待ちください父上。そんな識神がどうしてここに？　誰が召喚したのです」

「ナニをイうか。キサマがヨんだのではないか」

不気味な光を宿した天狗の瞳が、ぎょろりという擬音とともに彼へ向けられた。

「ギシキをして、ワガハイをヨんだであろう。だからデムいてやったというに」

言葉から察するに、もしかしてあれだろうか。わたしたちが偽装工作のために利用したあの儀式は、本来はこの天狗を呼び出すためのものだったらしい。

敷島は恐らく、家伝として記録に残されていた召喚の儀式を、そのままなぞるようにして実行したのだろう。それが何を喚び出すためのものかも知らずに。

結果として招かれたのは、具現化した災厄だったわけだ。

「ようやくケイヤクをハたすキになったのかとオモえば、ナンのソナえもしておらぬではないか。ユルしガタい」

やや片言のように聞こえる発声が、荒い吐息交じりに響く。しかしその気配はあくまでも厳《おごそ》かなものだ。

「チカラをカす、そのミカエりとして、タマシイをササげるヤクソクだった。なのにいつまでもオクられてコない。ナゼだ？　モウしヒラきをせよ」

「何を言う。敷島家が識神との約束を違えたというのか」

真正面から威圧を当てられ、蒼白な顔色になりつつも「事実なのですか」と訊ねる彼。すると天狗の椅子にされている当主が、その体勢のまま首を大きく左右に振ってみせた。

「知らん！　儂は何も知らん！」

「シらぬことは、あるまい」

「違う、本当に知らんのだ！　伯耆坊よ、おぬしが契約を結んだのは儂の先代であって……。その頃儂はまだ幼く、何も聞かされてはおらず」

「であっても、イマのトウシュはキサマだ。キサマをコロして、このイエのチを夕やさねばならぬ。それがケイヤクをタガえたダイショウだ」

契約不履行の埋め合わせは当主の魂というわけか。こんな状況になった経緯は大体把握できたと思う。

見るからに恐ろしげな天狗の風体と、その語り口から伝わってくる迫力も相まって、場の空気が凄まじく緊迫したものになっているが……でもそれとは裏腹に、わたしは胸中に安堵が込み上げてくるのを感じていた。

いつの間にか、わたしのすぐ傍《そば》に現れていた逢魔が、その豊かな白い尾をふりふりと振っていたからである。何かあれば必ず守ると宣言しているかのように。

ならば怖いものなど何もない。あの天狗の姿は敷島にも、その父と祖父にも見えているようだ。しかし逢魔の姿はわたし以外の誰にも見えていない。どちらがより高位で強大な存在なのかは、この時点で一目瞭然。

隣には頼りになる兄の姿だってある。だから恐るるには足りない。わたしは確かな足取りで前方へと歩み出ていって、「ちょっといいですかね」と口火を切った。

「天狗様にお訊ねします。それが元々の契約だというなら、さっさとやってしまえばよろしいのでは？　どうして躊躇っておられるのでしょう」

「……？　ワガハイはタメラってなどおらぬ。ダレだキサマは。ジャマをするキか？　ならヨウシャはせぬぞ」

「邪魔などいたしません。でもその前に教えてください。あなた様が喚ばれたという儀式から、もうかなりの日数が経っていますよね。その間、何をされていたのです？　契約不履行を咎めるだけならば、もっと早く手を下せたのではありませんか」

「だからナンだ。ナニが、イいたい？」

天狗の落《お》ち窪《くぼ》んだ眼窩から刃物のごとき眼光が向けられた。だがその程度ではもうひるまない。

「あなた様が本当に求めているのは交渉、もしくは第三者による仲裁なのではないかと愚考いたしました。間違っていますか？」

「ふむ……。ようやくハナシができそうなモノが、アラワれたようだ」

彼はそう言って当主の背から下りると、広間の壁に背中を預けながら腕を組む。

「イマまでこのフタリしか、ワガハイがミえるモノ、いなかった。だというにオビえるばかりで、ハナシにならん。キサマがアイダにタて。できるか？」

「お望みとあらば」

大仰な所作を意識しつつわたしが一礼した瞬間、周囲からほうっと感嘆の息が漏れ聞こえてきた。

そうなるのも当然か。恐るべき天狗の圧を前にしても気後れすることなく、ただ涼し気な表情で交渉を進めている……ように彼らには見えているだろうから。

ちょっと詐欺っぽくはあるが、誰にも逢魔の姿が見えていないので仕方ない。本当は狼の威を借りまくる狐状態なのだが、今はこの状況を利用させてもらうとしよう。敷島家の面々にもいろいろと確認しなければならない。素直に洗いざらい喋ってくれると助かるのだが。

「ご当主様、ご無事でしたでしょうか」

まずは這いつくばった老人の元へ歩み寄り、両手両足の骨が健在であることを確かめる。それから手を貸して立たせてやった。

「おお、感謝するぞ。どこの令嬢かは知らぬが、助かった」

「礼には及びません。一時的にこうして助け出せましたが、これは天狗様のご温情によるもの。交渉がうまくいかなければ、再び同じ事態を招く恐れも」

「わ、わかっておる。全ておぬしに任せよう。うまく取り計らってくれ」

「承知いたしました。他のみなさんもそれでよろしいですね？」

後ろを振り返って訊ねてみると、敷島とその父は揃ってこくりとうなずいた。

それから朔也が心配そうに歩み寄ってきて、耳元に顔を近づけてくる。

「本当に大丈夫なのかい？　天狗は怪異の中でもかなり強力な存在だと謂われている。長い年月を修行に費やした修験者が、死後に生まれ変わるものだとされていて――」

そういった一般的な知識はわたしの頭の中にもあった。たとえば平家物語にはこんな記述がある。

『人にて人ならず、鳥にて鳥ならず、犬にて犬ならず、足手は人、かしらは犬、左右に羽根はえ、飛び歩くもの』

生前は高僧や修験者であった者が多いせいか、例外なく強力な神通力を扱うことができるのだとか。高速飛行に瞬間移動、剛力に分身に呪いに火炎放射と異能のオンパレードだ。天変地異すら自在に操れる個体もいるらしい。

天狗の中には階級もあり、大天狗《おおてんぐ》は山伏の服装で羽団扇《はうちわ》を持ち、一本歯の高下駄《たかげた》を履いているそうだ。小天狗の頭部はカラスのもので、小柄な体格ながら恐ろしい速度で空を翔《か》けるという。

だとすると目の前の相手は何なのか。やや異形ながら大天狗に類するものと考えていいだろう。

逢魔の護衛があっても決して油断してはいけない相手だ。今さら膝が震えてきた。

「心配はいりませんよ。こう見えて修羅場はぐって来てますから」

それでも一度彼に笑顔をみせると、覚悟を決めて前へと向き直る。

「あなた様がここを訪れた理由について、詳細をお訊きしてもよろしいでしょうか」

「カマわん。イマからでもヤクソクがハたされるなら、それでいい」

「ありがとうございます。その約束とはどのような内容だったのでしょう」

「シキガミとしてチカラをカす。ダイショウとしてタマシイをササげる。それだけ」

たどたどしい口調で天狗が語ったところによると、そもそも識神として使役される条件に彼が提示したのが、人間の魂を一つだけ譲ってもらうことだったそうだ。

話の途中で朔也に確認してみたところ、こういった契約内容はそれほど珍しいものではないという。ハイリスクハイリターンではあるが、条件的には相場通りらしい。

そもそも契約者の魂を捧げるくらいでなければ、高位の鬼神を使役するなんて不可能なのだとか。

「ちなみにもらった魂をどうするんです？　美味しいんですかね？」

「クッたりなどせぬ。タマシイをショウカし、アラたなナカマとするのだ」

消化ではなく昇華か。天狗にとって魂の収集は、仲間を増やす行為に他ならないとのこと。

　天狗の使役者たちは大抵、死後に天狗として生まれ変わっているらしい。なるほどそういう話ならば取り立てて酷い交換条件だという気もしない。

「今回いただく予定だった魂も、お仲間にするおつもりで？」

「チガう。ヨメにする、つもりでいた」

「嫁……？　お嫁さん？　契約者は女性の方だったんですか」

「それもチガう。ケイヤクシャは、オットのホウだった。しかし、オノレのツマをサしダすとヤクソクした。このイエのモノは、ムカシからそうしている」

「はあ？」

　わたしがさっと後ろを振り返ると、年老いた当主がすっと顔を背けた。どうもその反応からして、彼だけは知っていたようだ。

「祖父君……」

　さすがに思うところがあったのか、敷島が目を細めながら訊ねる。

「今の話は本当ですか？　敷島家では昔からそんな非道な行いを？　まさか母が死んだというのも――」

「わ、私は知らんぞ！　信じてくれ総司！」

慌てて弁明の声を上げたのは父親の方だった。

「おまえの母は病に倒れただけだ。天狗様とは何の関係もない！　……ただ、父上。もしかして私の母は……？」

「騒ぐな。そちらも病だ」と当主が諦めたように答える。「だが敷島家に嫁にくる者は何故かみな短命だ。……昔から犠牲にしてきた女たちの怨念に、足を引き摺られているのではと思っていた。薄々な」

待て待て。終わっているよ敷島家。一体どの面下げて縁談を申し込んできたのか。もし仮に詠美が嫁いだとしても、同じ結末を辿る可能性が高い。想像するだけで怖気《おぞけ》を震う思いだ。

朔也なんてもう感情を隠そうともしていない。殺意を滲ませた目で三人を睨みつけているくらいだ。敷島自身はその事実を知らなかったようだが、それでも擁護する気はまったく起きない。

「──うるさいモノどもだ。モめゴトはアトにせよ」

苛立ちまぎれに天狗が威迫を放った途端、体がずしりと重くなったような気がした。たまらずその場に膝を屈してしまう。

恐らくは重力操作の効果がある神通力なのだと思う。当主の体を床に縫いつけていたのもこの力か。空を飛ぶときには逆に重力を軽くしているに違いない。

「……あのう、ちょっと話しにくいので、力を緩めてもらえませんか？」

「よかろう。だがニドメはない。サエズるのはキョカをエてからにせよ」

と口にした瞬間、肩に乗せられていた重圧が綺麗に消え去った。

「キサマらのジジョウなど、ワガハイにはどうでもよいこと。カノジョのタマシイをウけトればカエる。そしてもうニドと、このイエにはカカわらん」

「わかりました。では早速問題解決のために行動しましょう。その方の魂は今、どこにあるのです？　既にお亡くなりになっているのですよね」

「それがわからんから、コマっているのだ」

彼は包帯に包まれた顔を伏せ、床に向けて沈み込むような声音を響かせる。

「カノジョはイっていた。もうイチニチでもハヤく、ワガハイのもとにトツぎたい。イノチがオわるそのときまでは、オットにミサオを夕てねばならないが、とも」

「死んだ後には自由になれるから、喜んで嫁になると……？　本当にそんなことを仰っていたんですか？　まあ敷島家のやってきたことを考えると頷ける気もしますが」

「そのトオりだ。ショウコも、ある」

言いながら山伏装束の懐を開き、折り畳まれた便箋《びんせん》を取り出してみせる彼。それはかつて敷島家に嫁いだ女性が、生前に書いた手紙なのだという。

うーむ、嫌な予感がどんどん強くなっている。手紙の内容を確かめるのが恐ろしいが、話の流れ上わたしが読まないわけにもいかない。

仕方なく便箋を受け取ると、その書面に目を滑らせながら朗読していった。

古びた洋紙に記された、敷島家を揺るがす驚愕の真実とは——


「——以上です。びっくりするくらい熱の籠った恋文《こいぶみ》でしたね」

特に最後の方は凄かった。読んでいるこちらが気恥ずかしくなるほど直接的な表現が目白押しであり、天狗のご機嫌伺いのために書かれたものとは到底思えない。

経緯を一通り聞いた段階では、「もしかするとその女性は家の未来のために生贄《いけにえ》になったのでは」などと疑う気持ちもあったのだが、その可能性はさっぱり消え失《う》せたと考えていい。文面から感じる熱量がただごとではなかったからだ。彼女は天狗の嫁になることを心から望んでいたのだろう。

「……不貞《ふてい》ではないか」

全てを聞き終えた後、ぼそりとそう零《こぼ》したのは敷島だ。

「何が『この命、燃え尽きし折にはあなた様の傍に』だ。この手紙を書いた時点では生きていたのだろうに、夫を持つ身でありながら恥を――」

「ダマるがいい！ ナニもシらぬワッパが！」

途端、ごおっと暴風が唸りを上げ、これまでにないほど強烈な威圧が放たれた。

狙いすましたかのように敷島――ややこしいのでここからは総司と呼称しよう――だけが呻き声を上げ、その場に跪いてしまう。

するとみるみる彼の横顔が青褪めていった。じわりと冷や汗までもが浮かんできて、こめかみを伝って絨毯へ滑り落ちていく。そんな息子の様子を目にした父親が、その場に膝をついて「お待ちください」と懇願の声を上げた。

「軽率な発言でございました。私からよく言い聞かせますので、どうかお許しを」

「もうツギはないぞ。よくシカりつけておけ」

彼が許しを与えたところで総司は解放され、その場に大の字に寝転がって荒い息を吐き始めた。どうも内臓に負荷がかかっていたらしく、かなりきつそうだ。

それでも同情する気になれないわたしは冷たい人間なのだろうか。むしろ天狗の怒りもっともだという気持ちの方が強い。

「天狗様、ちょっとよろしいでしょうか」

「ナンだ。テガミにカいてあることは、スベてジジツだぞ」

「それは十分に理解しました。ただ一点、よくわからなかった部分がありまして……。『この機織り小屋からいつまでもあなた様のことを想って』と書いてありますよね。これは何かの比喩でしょうか」

手紙の中にはこんな一節があった。『とある事情からわたしは機織り小屋の外には一歩も出ることはできません。制約に縛られたこの忌まわしき体を捨て、早くあなた様の元へ飛んでいきたい――』

「いいや、そのままのイミだ。ワガハイがデアったときにはスデに、カノジョはコヤにトジコめられていた」

「へぇぇ……。またちょっと聞き捨てならない新事実が飛び出してきましたが？」

じとっとした白目を背後の当主に向けたところ、老人は後ろ暗い表情になりつつも取り繕うように「違うのだ」と抗弁を始めた。

「儂は何も知らん。敷地内には確かに機織り小屋があるが、もう長いこと誰も使っておらぬはずだ。使用人にも聞いてみよ、みな同じことを言うだろう」

「ではこの手紙を書いたのはどなたなのです？」

「それも知らぬ。小屋がある場所は使用人用に建てられた宿舎の近くだ。そこで過ごしていたのなら、手紙の主も使用人の可能性が高い。……当時の当主が、戯れに手を出したのかもしれん」

「などとあちらの方は仰っておられますが？」

天狗の方に話を振ると、彼はゆっくりと首を左右に動かした。

「ミブンなどはどうでもよい。カノジョのタマシイであればそれでいい。どこにマイソウしたのか、それだけアキらかにせよ」

「埋葬されている場所さえわかれば、魂がどこにあるか突き止められると？」

「オソらくは、な。ザンシをタドって、サガせるはずだ」

「そうなのですね。ではご当主様、彼女が葬られた場所に心当たりは？　使用人の墓など知らぬ、なんて言いませんよね。恐ろしい目に遭うかもしれませんよ」

「……ふん。わかっておる」

総司が潰された様子は近くで見ていたはず。この期に及んで下手な発言などできないだろう。彼の老体では、骨の一本や二本は覚悟しなければならないからだ。

「だが使用人用の墓は敷地内にはない。故郷の墓所に埋葬されたはずだ」

「雇用記録から調べることはできないのですか？」

「可能だろう。だがそのためには、手紙の主がどこの誰かを特定せねばならん。署名くらいしておけというのだ、まったく……」

ぶちぶちと文句を言いながらも広間の扉を開け、そこに控えていた使用人の一人を捕まえると、怒鳴りつけるようにこう告げた。

「何をしておるか！　聞き耳を立てておったのなら、すぐにみなに伝えよ！　できる限り多くの人手を集め、敷地内をくまなく捜索しろとな。女の使用人が書いた手紙や書類がどこかに残っていないか、直ちに探させるのだ！」

屋敷に残された歴代使用人の筆跡と、この手紙のものを見比べていけば、どこの誰が天狗の意中の相手だったのかがわかる。個人の特定さえできれば墓所の位置もすぐにわかるだろう。

幸いなことに筆跡鑑定は得意分野だ。以前にその道の専門家から直接習ったことがあるので何とかなるだろう。現場で役立った経験はあまりないけれども。

大丈夫だとは思う。でも保険は必要かもしれないと、わたしは身振り手振りで逢魔に呼びかけることにした。

手紙に込められた想いの強さから察するに、その女性の魂は屋敷に戻ってきている気がするのだ。だから彼に捜索をお願いした。敷地内で彷徨っている霊魂があれば連れてきて欲しいと。

ただし、当然ながら危険はある。天狗が癇癪《かんしゃく》を起こしたときにこの身を守れる者がいなくなるからだ。安全性と早期解決の可能性を天秤《てんびん》にかける必要があったが、悩んだ末に後者を選択した。

詠美に対して過保護な彼はしばらく渋っていたが、わたしが再度手を合わせて頼み込むと、後ろ髪を引かれつつもゆっくりと踵を返した。

去り際に朔也の方に向き、「我が不在の間はおぬしが守れ。絶対だぞ」と言いつけていたが、その声が届いたはずもない。彼自身の神格が高すぎるがゆえに。

尻尾を振りながら離れていくしょんぼりとした後ろ姿は、この緊迫した場面で少々不謹慎であるが、いつにも増してとても可愛いらしく見えたのであった。


使用人を総動員しての捜索作業開始から、早くも三時間強が経過した。

もちろんわたしと朔也も全力で手伝ったのだが、その最中にとある事実を知った。

敷島家の現当主であるあの老人の名は、敷島鉄心《てっしん》というらしい。総司の父の名は輝一《きいち》だそうだ。

それはともかく、やがて広間にかき集められた書状の束を見下ろしながら、鉄心が盛大な溜息を吐き散らかした。

「結局、見つからんかったというわけか」

「そうですね。この中には彼女が書いた書状はありません。間違いなく」

文字の形や言い回しの癖だけであれば、似たようなものはあった。しかし筆跡鑑定とはもっと多角的に分析を行うものだ。

たとえば筆圧。元の手紙では差出人の情熱が反映されているかのように、紙面に強く文字が刻みつけられていた。次ページにあたる便箋にもくっきりと跡がついているくらいだ。これの強弱については同一人物であってもブレがある。大事な手紙では知らず知らずのうちに筆圧が高まり、そうでないものは低いということも考えられる。

だが基本的には筆記具の持ち方が大きく影響する。その特徴を踏まえて見てみれば、持ち手側の掌外沿《しょうがいえん》が押し付けられた痕跡も薄《う》っすら見えてくるのだ。

「あと、手紙の差出人の方は、必要以上に助詞を多用する傾向があるみたいですね。でも筆跡のよく似た書類には、その特徴はありません。むしろ名詞のあとに読点をつけて、単語を強調しようとする癖があります。こういった面からも別人が書いたものと判断できます」

「わかったわかった。もういい」と面倒そうに鉄心が告げる。「……というよりも、少し前から気になっていたのだが、おまえはどこの誰なのだ？　総司が連れてきた客にしては礼儀がなっておらん。いいか、他家の問題に軽々しく口を――」

「祖父君、今はそんなことで揉めている場合ではありません。天狗様が焦《じ》れているのがわからぬわけではありますまい」

冷や水を浴びせかけるように窘められ、老人はすぐに口を噤んだ。

総司の言う通りだ。すっかり夜も更けてしまったというのに、結局何の糸口も見つけられていない。その上、引き続き天狗の監視下にいるので気の休まる時もないときた。輝一など、「生きた心地がしない」と何度も繰り返しているくらいだ。

とはいえ手紙の差出人の正体がわからなくては手詰まりだ。事態は膠着状態に陥っていると言える。さてどうしたものか……。

そんなときに朔也がぽつりと、「あのう」と素朴な疑問を口に出した。

「少し思ったのですが、手紙には『機織り小屋の外には一歩も出られない』と書いてありましたよね。機織り小屋に通っていた、という内容ではなかったはず」

「だからどうした」つっけんどんな口調で総司が訊く。「それは改めて確認するほどのことか？　文面についてはもう吟味し尽くしただろう」

「いえ、それってつまり、冷遇されていたということなのではないかと。なのに生きている間は夫に操を立てねばならないとも」

「当たり前のことだろう。婚姻だって契約だ。一度敷島家に嫁いだ以上、離縁するか死に別れるまでは責任を果たす義務が」

「そう、そこなんです。大事なのは〝夫〟という部分。ご当主は先ほど、戯れに使用人に手を出したのではないかと仰いました。その可能性を見据えて捜索していましたが、正式な妻でもない女性——つまり愛人の身分にある者が、冷遇されてなお義理を通そうとするでしょうか」

「なんだと？　まさか貴様」

朔也の言葉の意味を理解した瞬間、彼はたちまち怒りを露わにした。

「機織り小屋に閉じ込められていたその女が、敷島家の正妻に当たる者だったとでもいうつもりか！」

「どうか感情的にならず、冷静に考えてください。華族同士の縁談とはそういうものだと、あなたもご存じのはず。当人同士の意向がどうあれ、婚姻を結び子を生さねばならぬ以上は——」

書状の捜索中、実はわたしも同じことを疑っていた。だが口に出せば敷島家の面々が怒り狂うことは確実なので、ここまで言えなかったのである。でも突破口が開かれたのならば便乗しておくべきだろう。

「敷島小允。発言に気をつけないと、また天狗様の怒りを買いますよ？」

「ぐぬっ……。わかってはいるが、家門に対する侮辱は聞き流せん」

「別に侮辱でも何でもないでしょうに。……それに、まだ気が付いておられないのですか？ うちの兄の言葉が正しかったという証拠は、さきほどから示されておりますよ。ご当主様の顔色をご覧になってください」

「なんだと？ 祖父君の顔がどうしたと――」

総司はその台詞を最後まで口にすることはできなかった。何故なら見てしまったからだ。全身に滝のような汗を滴らせつつ、血の気の失せた相貌になって視線を彷徨わせる老人の姿を。

つい先ほどまで尊大に振る舞っていたはずの彼。その態度が豹変《ひょうへん》したのは、間違いなく朔也の推察を耳にした直後のことだった。

「ど、どういうことなのです！ まさか事実なのですか⁉」

声を上げたのは輝一だ。彼は父親に縋り付いて何度も同じことを訊ねる。

しかし今の鉄心にはそれを振り払う気力もないらしく、ただ弱々しい声で「儂にもわからんのだ」と回答するばかりだった。

「わからぬではありませんよ」と総司は追及の手を緩めない。「心当たりがおありなのでしょう。だからそんなふうに震えていらっしゃるのだ」

「違うと言っておろう。確かに考えていることはあるが、心当たりなどと呼べるほどのものではなく、根拠のない妄想の類でしかない。そのはずなのだが……」

老人はそう口にしながら一度ぐるりと周囲を見回すと、その場にいる全ての者に呼びかけるようにして、こんな言葉を続けた。

「いずれにせよ、もう手掛かりは残されていない。ならば行ってみるしかあるまいて。あの因縁の、機織り小屋へな……」

時刻は既に深夜を回り、間もなく日付が変わろうとしていた。だというのに脳内は冴え冴えとしており、眠気の欠片も込み上げてはこない。

ただし、わたしたちが到着する以前から暴虐に晒されていた鉄心たちは、さすがに疲労困憊の様子である。広大な庭園を突っ切るようにして進む途中にも憔悴度合いが増していき、その心情をぽろぽろと道に零《こぼ》していった。

「儂を育ててくれた母は後妻だった。本当の母は産後すぐに亡くなったと聞いていた。だが子供心におかしいと思っていたのだ。母の命日を聞いても、どんな人だったかと訊ねても、父も使用人もはぐらかすばかりだったからな」

疑念が拭えず調べてはみたものの、結局何もわからなかったそうだ。特に敷島家に嫁いできたあとの足跡に関しては、綺麗さっぱり消されていたらしい。

「そんなある日、ふとした折に見てしまった。たまたま近くを立ち寄った機織り小屋の窓に、醜い老婆の姿が映し出されているのを……」

鉄心と目が合った老婆は、慌てたように小屋の中に引っ込んでしまったらしい。

彼女の正体は何なのか。どうしてあの小屋に一人で住んでいるのか。湧き出る疑問を周囲の人間にぶつけてみたところ、

「あの老婆は使用人の一人だ。しかし重い病気にかかってしまい、寮から隔離されて暮らしているのだと……。故郷に身寄りもない哀れな女だから、当主の情けで住まわせてもらっているのだとも聞いた」

「でも鉄心様は、額面通りには受け取らなかったんですよね？」

足を進めながらわたしが訊ねると、彼は「まあな」と呆けたような声で返す。

「父も、執事も、他の使用人も、あの小屋にだけは近寄るなと言った。病気がうつっては大変だからとな……。しかしだからこそ考えてしまった。もしかしたらあの醜い老婆こそが、儂の本当の母なのではと――」

古より敷島家の縁談相手は、ただ能力でのみ決定されるそうだ。相手の素性も器量も年齢も一切考慮されず、優秀な血のみを取り入れ続け、いつかこの国を統べるほど

の才を持つ陰陽師を生み出すこと。それが一族の悲願らしい。

「証拠は何もなかった。ただあの容姿と年頃であれば、当主の寵愛を受けられなくても当然。子を生した時点で用済みと捨てられてもおかしくはない。決して高くはないその可能性が、いつまでも頭をもたげて仕方がなかった」

本腰を入れて調査すべきかどうか。迷っているうちに年月は流れ、やがて父親が逝き、執事が逝き、使用人も全て入れ替わった。こうして真実を知る者は一人もいなくなったのだと、彼は己の罪を述懐するような口ぶりで告げた。

だからか、とわたしは思う。手紙の朗読中に〝機織り小屋〟と口にした辺りから、鉄心は顔を伏せて何かを考え込んでいた。あれは若かりし頃に抱いた疑念を掘り起こしていたのか。

「ほら、あそこだ。池の畔《ほとり》にあるみすぼらしい小屋がそうだ」

「タシかにミオボえがある」

天狗が手紙を受け取った場所も、あの機織り小屋だったそうだ。けれども周辺には小さな池と庭石が配置されているだけで、建物へと続く道すら雑草に覆い隠されてしまっている。もう長い間、誰も手入れをしていないらしい。

小屋の造り自体も相当古いもののようで、黒ずんだ土壁の上に簡素な瓦屋根が載せられているのみである。小さな換気用の窓が備え付けられている以外は飾り気の一つもない。

哀れな話だ。こんなうら寂れた場所に何年も閉じ込められていたのかと考えると、見知らぬ相手ながら同情的な気分になってくる。

「あのマドのヘリにテガミをオいて、しばらくするとヘンシンがあった」

彼女とのやりとりは専ら文通であり、二度か三度かだけ言葉を交わしたことがあるものの、その際も布団を頭から被って顔を見せないようにしていたのだとか。

「醜い顔貌を見られて、幻滅されるのではと恐れたのだ」

「くだらぬことよ。ヒトのビシュウにキョウミはない。カノジョのタマシイはとてもウツクしかった。それでジュウブンだ」

「ふん。それならいいのだがな」

鉄心は思わせぶりなことを言いながら、小屋の傍らにあった庭石の上に腰をかける。

「はあ、儂は疲れた。もはや一歩も動けん。ここで待っておるから、小屋の中を検めるなら好きにせよ。書置きの一つくらいは見つかるかもしれんぞ」

「わかりました。なら早速入ってみましょう」

と口にするなり率先して中へと踏み入っていくわたし。そのすぐ後ろに朔也が続き、さらに後ろに総司、輝一、天狗という並びになった。

五人が入っただけで狭苦しく感じられる室内には、白い布がかけられた機織り機が一つだけ。小さな別室があるようだが、そちらには厠と、ごく簡易的な竈が置かれていた。

「……あるべきものがないようだが」

総司は注意深く周囲を見回しながら呟く。

「寝所が見当たらん。件の老婆はここで寝起きしていたのだよな？　こんな狭い場所でどうやって生活していたのだ」

「庶民はもっと狭い部屋で暮らしていることもありますよ。ウナギの寝床なんて言いまして……。まあ布団は片付けてしまったのでしょうが、別の部分に違和感がありますね」

「ん？　寝所でないとすれば、何がおかしいというのだ」

「窓ですよ、窓」上方に目を向け、天井近くの壁を指さした。「小屋の外観を眺めたときには、天井近くに窓があったはずです。だけど今はどこにもありません。これってどういうことなんでしょうね？」

それから人差し指をゆっくりと動かしていき、天板の一部分に向けてぴたりと静止させる。

「あそこだけ他の板と色が違いませんか？　この小屋には屋根裏部屋があるはずです。誰かが入口を塞いだとしか考えられません」

「わかった。使用人にその旨を告げて、すぐに工具と梯子《はしご》を持ってこさせる」

こちらの意図をすぐに読み取った彼は、鉄心の介抱に当たっていた使用人の一人を呼びつけると、かくかくしかじかと命じて屋敷の方へ走らせた。

そこでまた十五分程度の待ち時間が発生したが、待望の工具が届くと速やかに作業は開始され、見る間に天井板の一部が取り払われた。

そのぽっかりと空いた穴に梯子が掛けられると、今度は総司を先頭にして屋根裏部屋へ上がっていく。

「――こ、これは」

目が慣れない間は、何の変哲もない小部屋としか思えなかった。あまりの埃《ほこり》っぽさに少し顔を顰めた程度だ。

でもすぐに間違いだと気付かされた。空気が酷く張り詰めている。この場に残留した強い想念が、招かれざる客を拒絶しているかのようだ。

いいや、逆に歓迎されているのかもしれない。その証拠に、突然夜目が利くようになったかのごとく、壁一面に刻まれた文字が克明に映し出されたのだ。

〝だれかたすけて〟

〝かぞくにあいたい〟

〝はやくしにたい。だれかころして。どうかはやく、はやく〟

魂の絶叫じみた悲痛なメッセージ。その不気味な文字列を直視してしまったせいで、しばしの間誰も、何一つとして言葉を紡ぎ出すことはできなかった。

ただ、混乱とは裏腹に、脳内では冷静に筆跡鑑定作業が行われていた。

数分間にも及ぶ長い沈黙を破り、わたしは結論を口にする。

「筆跡は一致しています。天狗様宛の手紙を書いたのは、ここで暮らしていた女性に間違いありません」

「それはそうなのだろうが」眉間から汗を垂らしつつ総司が呟きを漏らす。「しかしこれは、壁一面を埋め尽くすこの恩讐《おんしゆう》は、想像していたより何倍も……」

「ええ。自分もまさかここまでとは」

朔也にとっても予想外だったらしい。わたしだって同じ気持ちだ。死ぬまで機織り小屋に閉じ込められていたとは聞いたが、それを字面通りの印象で受け止めただけで、実感にまでは至っていなかったのだと反省する。

彼女はわたしたちが想像するよりも遥かに過酷な環境にあったようだ。肌が粟立《あわだ》つようなこの感覚からして間違いない。その強すぎる情念は、壁に刻まれた文字だけではなく、もはや空間そのものに染みついているとすら感じられた。

「――オ、オ、オッ」

ややあって、どこからかそんな嗚咽が聞こえてくる。獣じみた荒い吐息の中に入り交じった、正気を失うほどの激昂を感じさせる声だ。

「オオオ、オオオオオン、ゆ、ユルせぬ。ユルせるはずがない」

直後、天狗の体から可視化できるほどの怒気が噴き上がった。

「トじコめられていたのだ、シぬまでここに。だからトラわれたままなのだ。おまえたちへのゾウオに、トラわれている。ハらしてやらねばカノジョはモドらない！」

最後まで言うが早いか、狭い室内で大きな翼をはためかせると、弾丸のような勢いで窓板を突き破り、止める間もなく外へと飛び出していった。

「追いかけないと！　お兄様！」

「わかった！」

さすがは軍属陰陽師。いち早く正気に戻った朔也が慌ただしく梯子を下りて行く。その後ろに困惑顔の総司が続き、さらに彼の父が続いた。わたしの位置は最後尾だ。

暗さのせいで足元がよく見えなかったが、何とか踏み外さぬように一階まで下りると、そのままの勢いで小屋の外へと駆け出した。

だがそのときには既に、事態は最悪の一歩手前まで進んでいた。

「——祖父君を放せ！」

どこから取り出したのか、総司が短刀を構えて威嚇を飛ばす。しかし相手に届いているかは疑わしい。力量的にも距離的にも。

天狗がいる場所は上空だ。鉄心の首を片手で摑んだまま浮遊しており、老人の痩せ細った足がばたばたと宙で踠《もが》いている。

きっと長くは持たないだろう。このままの状態があと十秒も続いたなら、命の灯はあっけなく吹き消されてしまうに違いない。

けれどもわたしは嫌だった。目の前で人命が失われるところなんて見たくないし、天狗に罪を犯させたくもない。

だってここにいるのはみんな被害者じゃないか。鉄心自身が彼女を機織り小屋に追いやったわけではないのだから、天狗の怒りは筋違いだと思う。契約を果たそうとしているだけなのだとしても、まだ議論の余地はありそうだ。

ここへきて、逢魔を捜索に出したことは失策だったと悔やむも、反省している時間かするしかない！

はない。頼りの朔也も手を拱《こまね》いているようだ。もはや自分の力だけで何とか……何と

「待ちなさい！」とわたしは叫んだ。「その人を殺したら全てが失われます！　彼女の魂は絶対にあなたのものにはなりませんよ！　断言します！」

何故ならその人は多分、彼女が自分のお腹を痛めて産んだ大切な息子なのだから。

「すぐに降ろしなさい！　書いてあったでしょうが、家族に会いたいと！　彼女が死ぬ直前まで会うことを望んでいたのがその人なの！　だから殺しちゃ駄目っ！」

脆弱なこの体に戦う力はない。あったとしてもきっと敵わないだろう。だったら今のわたしにできるのは、声を振り絞って想いを届けることだけ。

「あなたにだって……もうわかっているんでしょう⁉」

天狗は多分、無意識に手心を加えている。首だけで体重を支えているとすれば首吊りと同じだ。通常であれば数十秒も耐え切れず、窒息するか首の骨が折れるかしてしまうはず。

なのにそうなってはいない。となると重力を操作してぎりぎり死なないように加減しているのだ。やはり交渉の余地はありそうだと感じる。

「さっきその人が言っていましたよね。彼女と目が合った瞬間、慌てたように小屋の

中に引っ込んでいったって……。それってつまり、自分の意思で小屋に閉じ籠っていたということじゃないんですか？」

「……ジブンの、イシで、だと」

「冷静に考えてください。彼女は病を患っていたとも聞きましたよね。それを他人にうつさないために、自らあそこに引き籠ったのではありませんか？　確かに屋根裏部屋に彼女の想いは刻まれていましたが、誰かに対する恨み言《ごと》はありましたか？」

残されていたメッセージの内容は大別すれば二種類。助けを求める声と、家族に会いたいという願い。それだけだったはずだ。

「わかりませんか？　家族から離れることになったとしても、病をうつすことだけは容認できなかった。だからその幸福を願って一人だけ身を引き、息を引き取るそのときまであの屋根裏部屋で暮らした。誰も恨まずに、ただひっそりと……。彼女はとても強い女性だったんですよ」

「だがウラんでいなかったとも、カギらぬ」

「それはどうでしょう。文通していたのなら、あなたに救いを求めることだってできたはずでは？　なのに彼女はそうしなかった。話を聞いたあなたが今みたいに怒り狂って、大切な家族を襲う懸念があったからでは？」

「…………」

返ってきた答えは沈黙だった。どうやら核心を突くことに成功したようだ。

それから少しして彼は羽ばたきを弱め、ゆっくり地上に降りてくると、冷たい土の上に鉄心の体を放り投げた。何とか理解してくれたらしい。

ふう、とこっそり安堵の息を漏らすわたし。どうにか難所を乗り越えることができたようだ。朔也たちは当主の身を案じて駆け寄っていくが、こちらはもうそれどころではなかった。

震えるばかりでまともに動かなくなった両膝を拳骨《げんこつ》で叩き、張り詰めた筋肉を解きほぐす必要に迫られていたのだ。正義の味方になったつもりはないが、その気苦労だけはよくわかる。楽な稼業じゃないんだよ、本当に……。


天狗が平静を取り戻した頃を見計らって、予定されていた最後の作業を実行に移すことにした。というのも、屋根裏部屋に残されていた書置きから、彼女が先代当主の妻だということが確定したからだ。

正妻ならば一族の墓所に埋葬されているはず。魂の居場所もすぐに判明するだろうと考えていたのだが、そこでまたもや予想外の事態が起きてしまう。

「――ここにはおらぬ。カノジョのタマシイはどこなのだ」

先ほど大暴れした反動もあってか、すっかり意気消沈してしまった様子の彼。

「どこだ。どこにカクした。やはりキサマらが……」

「敷地内にある一族の墓所はここだけだ。ここにいなければ儂は知らぬ」

鉄心は即座に回答した。一度殺されかけたことで肝が据わったらしい。どこか超然としたものすら感じさせる態度で言葉を続ける。

「殺したければ殺せ。何を言っても水掛け論なのだろう。好きにするといい」

「父上、そのように捨て鉢になっては」

「もう弁解する気も起きんし、何より辟易した。どうせ全て事実なのだ。敷島家は古の昔から、嫁に来た女が幸せに過ごせるような場所ではなかったのだろう」

深い疲労感が滲み出した顔つきだった。その眼差しもどこか遠くに焦点が合わされているように見える。さらに独白のようなトーンで心中を吐露していく。

「儂だって本当は母に会いたかった。だがあのとき、醜く年老いた姿を目にして前に進めなくなった。……つまり、容姿などというどうでもいいもののために母を見捨てたわけだ。嫁に来る者には優秀さだけを求めると言っておきながら」

石畳の地面に腰を落とし、胡坐《あぐら》を組んで頭を垂れる。確かに状況だけを見れば彼の言う通りだ。その時点で機織り小屋に一歩踏み込み、大きな声で母の名を呼んでさえいれば、こんな結末にはならなかったかもしれない。

けれども現実は残酷だ。結局彼女は家族と顔を合わせることはなく、あのカビ臭い小屋の屋根裏でたった一人、自身の命が燃え尽きる日を迎えてしまった。

どれだけ辛かっただろう。どれほど孤独だっただろうか。

いつやってくるかもわからぬ人生の夜明けを、彼女はただ待ち続けた。常なる夜に支配されたこの街の片隅で、きっと何年も、もしかしたら何十年も。

「――伯者坊様。事ここに至って儂は、覚悟を決めた」

どこか晴れやかな表情に変わりながら、鉄心はそこから語気を強めていく。

「どうか儂一人の命で勘弁して欲しい。契約を違えた責任は現当主の儂にある。この通りだ。伏してお頼み申す」

「そんな……。お待ちください天狗様！」

祖父を庇《かば》うように歩み出たのは総司だ。

「これまでの失礼は平にお詫《わ》びいたします。ですが貴殿は最初に、敷島家を根絶やしにせねばと仰いました。ならば未来の当主である自分を殺さねば意味がありません」

「待て！　何を言っているんだおまえは！」

慌て出したのは輝一である。叫ぶように声を上げて息子に駆け寄り、その胸の内に彼を抱き締めながら言い聞かせる。

「軽はずみなことを言うでない。おまえが死ぬくらいなら私が逝く。……天狗様！　息子は今ここで廃嫡といたします。だから命だけは助けてくだされ。全ての責任は私がとりますので」

「いや儂じゃ！　母の恨みを晴らすなら儂でないと意味がない！」

「父上はもう隠居してください。たった今から当主は私が継ぎます」

「馬鹿を申すな！　おまえはまだ若い。これから如何ようにだって人生を生き直せる。儂の分まで幸せになってくれればそれでいい」

「いいえ祖父君、父上。あなたがたがいなくなれば華族全体が混乱に陥りかねません。一番影響のない俺が贄になるべきで――」

「イッタイなんなのだ、キサマらは……」

己が犠牲になろうと庇い合う一族の姿を目にして、天狗は呆れたように長く吐息を放った。

「ナゼだ。どうしてそのオモいをスコしでも、カノジョにムけられなかった」

苦悩の声を漏らしながらも、一歩、また一歩と間合いを詰めていく。鉄心の方へだ。

「もうよい。ヤクソクドオリ、トウシュのイノチでアガナってもらう。だがキサマをテングにはせぬ。あのヨでカノジョにアヤマってこい」

彼とて後には退けないのか、言葉の端々から苦渋の選択だと伝わってくる。

だからわたしも傍観者ではいられない。傍若無人な敷島家の面々にも人並みの情があることがわかったし、その人間臭さに多少の好感を覚えたのも事実だ。ここまでやってバッドエンドというのも寝覚めが悪い。

そして何より、この土壇場でようやく推理が追い付いた。目下の問題——彼女の魂の居場所について、脳内に一つの仮説が生まれている。

ならば前に進んでみよう。やるだけやって駄目なら、そこでまた考えるだけだ。

意を決したわたしはしっかりと地面を踏みしめながら、愁嘆場《しゅうたんば》じみたその舞台の上へ足を進めていく。

「ナンだ。トめるつもりか？　ワガハイにイドむキか」

「まさか。わたしは見ての通りのか弱い少女ですので、そんな力はありませんよ」

そこで一呼吸を挟み、にいっ、と精一杯の笑みを口元で形作ってみせた。

「あなたを止めるのはわたしじゃありません。これから最強の識神様を召喚しますので、少々お待ちください」

前置きを告げてから両腕を大きく左右に開き、星の瞬《またた》く夜空を仰ぎつつ、周囲の澄んだ空気を胸いっぱいに取り入れるようにする。

すると、体の周辺に小さな光の粒がいくつも舞い上がり、わたしを中心としてくるくる回転しはじめた。

逢魔の仕業だ。帰ってきてくれたのか。だったらここからは百人力である。

相変わらずの過剰演出が生み出した光景を前にして、鉄心たちが「おおお」と感嘆の声を上げた。それで遅まきながら気が付いたらしい。敷島家が縁談を組もうとしていた巫女とはこのわたし、望月詠美のことなのだと――

「――ふう。待たせたの天狗よ。準備完了じゃ」

「んん……？　ナニがカわったというのだ。オナじではないか？」

怪異である彼には幻術が通じなかったらしいが、それならそれで構わない。わたしは微笑を振りまきながら口上を続ける。

「言ったじゃろう？　最強の識神がおぬしを止めてみせるとな。まずはその手始めとして、おぬしの愛《いと》しい魂の居場所を教えてやろう。妾なりの儀式を用いて」

「なに!?　ホントウか、それは！」

赤茶けた包帯の内側で驚愕する彼には、余裕を装いながらうなずきを返した。

もうすぐ丑三《うしみ》つ時《どき》になろうかという時間帯にも拘わらず、謎解きはここからが本番である。深夜テンションも相まってか、自分でもどうしようもなく気分が盛り上がってきたのがわかる。

ざわめきが広がりつつあるその場において、事情を知っている朔也だけは顔を背け、何やら小刻みに体を震わせている様子だ。どうも必死に笑いを堪えているらしい。

失礼な兄である。だけど仕方がない部分もある。今のわたしはきっと、種明かしを始める前のマジシャンみたいな顔をして、不敵なくつくつ笑いを周囲に響かせているのだろうから。

第一に着手したのは墓の掘り起こし作業だ。目的は彼女の遺骨である。

当初は土を掘り返そうと考えていたが、こういう大きな墓所では墓石の下に納骨室があるのが普通らしく、敷島家の面々に頼んで骨壺を取り出してもらった。

「かなり形が残っておるようじゃな。くくく、この時代の火葬技術ならばそうだろうと思っておったぞ」

頭蓋骨の欠片をいろいろな角度から眺めながら、わたしはにやりと意味深な笑みを浮かべる。その様子に観衆たちが慄いているようだが、一旦無視しておくとしよう。

「骨というものは火で焙られると鏡面のように滑らかな手触りになる。その状態だとかなり保存が効くようになるのじゃよ。土葬された死体の骨は数十年で土に還ってしまうが、火葬の場合は数百年持つこともある」

彼女の骨壺は他のものより一回り大きく、そのため苦もなく探し当てることができたそうだが、その理由には見当がつく。火葬場に持ち込まれていないからだ。きっと敷地内の焼却炉で遺体を燃やしたから火力が足りず、燃え残りが大きくなってしまったのだろう。

その行為は一見犯罪のようだが、この世界では合法とのことだ。死亡届を出しさえすればどのように埋葬しても問題はないらしく、いわゆる密葬を行う場合は焚火《たきび》で燃やしてしまうことすらあるらしい。

そして今回ばかりはその雑さがいい方向に働いた。見る限り、骨の状態は非常に良いようだ。これなら問題なく復顔法《ふくがんほう》を試せそうだ。

「骨の中でも頭蓋骨は特に燃え残りやすい。脳の水分が多いゆえな。その形状も特徴的じゃからバラバラになっていてもちゃんと組み上げれば――」

てきぱきとした手つきで骨を組み合わせ、接着剤でつないでいく。

欠けている場所にはそれっぽい大きさの骨片を詰め込んだ。この辺りはあまり厳密でなくていい。どうせ表面は加工してしまうから。

「どうじゃ。頭蓋骨の全体像が見えてきたのう？　ここからは粘土を使う」

あらかじめ使用人の方に用意してもらった工作用の粘土を用い、頭蓋骨の表面に薄く塗りつけていった。陶芸の要領で。

「これは皮膚の代わりなのじゃ。だから額には薄く、頬には厚く塗る。顔の肉付きには一定の法則性があるのでの、こうすれば生前の顔立ちがよく……おっと、カツラはもう届いておるか？　女性用のカツラを頼んでいたのじゃが」

「識神様、これはつまり……」

と朔也が話しかけてきた。衆目があるため丁寧な言葉遣いを選んだようだ。

「故人の生前の容貌を、再現しようという試みですか？」

「然り、然り」

わたしはにんまりとしながら首肯する。

「そんなことをして何の意味があるのか。そう訊ねたい者も中にはおろうな。しかし妾は確信しておる。これが今回の事件における、唯一の解決策じゃとな。……うむ、カツラをしっかりと固定して、これで完成。我ながら最高の出来映えじゃな」

「オオオオオ……！」

地響きのように伝わってきた感嘆の声が、天狗の心情の全てを物語っていた。

作業台の上に置かれているのは一見、灰白色の生首である。白骨と粘土とカツラで形作られただけの、ただの虚《うつ》ろな作り物に過ぎない。

ただその顔立ちが非常に整っていることはわかる。生前はさぞや美人と持《も》て囃《はや》されたことだろう。まさに深窓の令嬢といった感じの、物静かで気品のある面差しだ。

「タシかに、カノジョのカオだ。ウツクしい」

「いいや、待つがよい！」感動に水を差したのは鉄心だ。「母がこんな美人であったはずがない。確かに若い頃ならばこうだったかもしれんが、伯者坊様と出会ったときには醜い老婆でしかなかったはず」

「それは恐らく違うぞ」わたしはすぐに反論した。「妾の予想に過ぎんが聞いてくれ。鉄心とやら、おぬしの母が患っていた病は何じゃ。病名はわかっておるのか？」

「病名……？　そんなものは知らぬ。記録も消されておったからな」

「医者にかかった記録はどこかに残っておるやもしれん。気になるならば探してみてもよいと思うが、妾はこう考えておる。おぬしの母の病名は疱瘡《ほうそう》。つまりは天然痘《てんねんとう》であったのではないかとな」

「……天然痘？」

江戸時代の頃には『疱瘡は見目定め、麻疹《ましん》は命定め』なる諺《ことわざ》があったらしい。病に罹った際の致死率は麻疹の方が高く、それゆえ〝命定め〟と形容されたのだが、天然痘は治っても後遺症が残る可能性が高い。その後遺症がなかなかに酷いもので、全身にイボができたり瘢痕《はんこん》が残ったりして、まるで醜い老婆のような容姿になってしまうことがある。だから〝見目定め〟の病と呼ばれたのだ。

「ただし完治した後には他人にうつる心配はない。おぬしの母も恐らくそれを知っていたじゃろう。それでも家族に会わなかった理由は、醜くなった顔を誰にも見せたくなかったからじゃ。誰よりも自分が一番気にしていたのであろうな」

まあその辺りの事情にはいろいろ複雑なものがありそうだ。鉄心の父親が忌み嫌って遠ざけていたのかもしれないし、子供に見せられないと考えた可能性もある。でもそれだけならさっさと離縁して実家に送り返せばよかったはずだ。

一応敷地内に住まわせて、長い間使用人に面倒を見させていたのは、彼女を哀れに思う気持ちが多少はあったからではないかとわたしは思う。

「彼女の願いは一つ。一刻も早く命を落とし、醜くなった体を脱ぎ捨ててしまうこと。それでも自殺という道は選べなかったのじゃろうな。きっと悲しんでしまう者が出るから」

それは家族であったかもしれないし、仲の良い使用人であったかもしれない。ともあれ彼女が真に孤独であったのなら、すぐにでもあの機織り小屋の天井に縄をくくって首を吊ってしまったに違いない。だから……。

「はっきり言えば彼女の勝手じゃ。彼女は自らの意思でその終わり方を選んだ。それでも己が身の不幸を嘆く想いは消えなかった。だからあの部屋の壁一面に刻み付けたのじゃろうが、誰かに対する恨みの吐露はなかった。つまりはそういうことなのじゃろうな」

「では、ナゼだ」

いつしか静まり返っていたその場に、天狗の掠《かす》れたような声が響く。

「ナガいトキを夕え、ミニクいカラダをスてたのなら、どうしてワガハイのもとにキてくれぬ。カノジョはどこへイったのだ」

「ふふん、そんなことは考えるまでもなかろう。ただ逃げ回っておったのよ。おぬしの視界から逃れるために、この敷地内を飛び回っておったに違いない。だから見つからなかったのじゃ」

「……それはあのテガミが、ウソだったから？　ホントウはワガハイのことをキラっていたから？」

ごく小さな声でそう漏らした。多分最初から彼は、その可能性も視野に入れていたのだろう。

彼女の願いは病によって醜くなった肉体を捨てること。でもそれは天狗のもとに嫁ぐこととイコールではない。だから逃げ出した。誰が好き好んでこんな不気味な姿をした天狗の嫁になるものか。そう考えた可能性はゼロではないが、

「妾は違うと思う。彼女は己の容姿の醜さに死ぬほど苦しんだ。その痛みを知ったからこそ、おぬしの姿が異形であっても忌避しなかった。心から愛することができたのじゃ。嘘や誤魔化しであんな熱っぽい恋文は書けんぞ」

「だがジッサイに、ワガハイからニげたと」

「うむ。しかし逃避行もそろそろ終わりじゃ。どうやら来たようじゃぞ？」

ここまで推理を語りつつも、実は内心どきどきとしていた。所詮は伝聞情報を柱にした仮説ばかりだ。全部間違っていることだって考えなかったわけじゃない。

でも視界の隅に蛍のような淡い光を捉えたとき、わたしは密かに胸を撫でおろした。その傍らに白狼が連れ添ってくれているのも安心材料の一つだ。事情を伝えて連れてきてくれたに違いない。これでもう大丈夫。

「オオオオオッ――」

瞬間、天狗の口からさらなる感激の叫びが漏れた。

青白い光の塊が作業台の上にふわりと舞い降りると、まるで喜びを表現するように何度かそこで飛び跳ねる。その幻想的な光景に誰も彼もが目を奪われる中、わたしは最後の種明かしを始めた。

「彼女が逃げた理由は、魂だけになった後も、変わらず醜かったから」

そう、わたしにも経験があるからよくわかる。魂の姿とは自我の認識によっていかようにも変化するものなのだ。

彼女は病によって醜くなった顔を、自分の容貌だと強く認識していた。在りし日の美しい姿を思い出せなくなっていた。だから死後もその印象が拭えず、変わらず醜いままだったのである。

そして、そんな姿では天狗を落胆させてしまうのではないか。嫌われてしまうのではと案じてしまった。だから彼のもとへ行くのが怖くなったのだ。

相手の不気味な容姿は気にならなかったくせに、自身の醜さだけは気になったわけである。そこには複雑な乙女心があったのだろう。

さりとて心残りから成仏することもできず、ずっと敷島家の敷地内に留まっていたに違いない。これがこの事件の裏に隠された真相の全てだ。

「──ようやくアえた。やっとキミに、このオモいを……」

天狗が包帯に包まれた表情を和らげ、初めて耳にするような優し気な声色で呟く。

するとそのとき、作業台の上で不思議なことが起こった。

青白い光の塊──彼女の魂が粘度像の中に染み込んでいくと、そこから首が伸びて手足が生え、あっという間に人の体を形作っていったのだ。

その場に居合わせた者はみな呆然とした心地になり、眩い光景に目を細めながらも一部始終を見守っていた。わたし自身だって例外ではなかった。

たった数秒にも満たないわずかな時の間に、生まれ出でたるは輝く天女。

薄衣《うすぎぬ》を身にまとった天上の美女が、作業台の上にふわふわと浮いた状態で、天狗と熱い視線を交わし合っていたのである。

「イこうか。ともに」

涙声になりながら天狗が言うと、天女はそちらへ手を伸ばし、包帯に包まれた彼の頬をそっと撫でて……。

やがてしっかりと抱き合うと、ゆっくりとした上昇速度で真っすぐに空へと突き抜けていき、どんどん小さくなってそのうちに見えなくなってしまった。

全てが終わったあとで、最初に動き出したのは鉄心だった。天女の中に母の面影を見たからだろうか、彼は敷地内の小高い丘に登っていくと、掌でひさしを作りながら彼方へと目を向けた。

そこにはもちろん天狗たちの姿はない。結界下にも拘わらず鮮烈な朝焼けに包まれた、ただ美しすぎる空が広がっているだけだった。それでも彼はまったく目を逸らさなかった。遠い日に失ってしまった思慕の念を追いかけるかのように。

「もう不貞だのなんだの、野暮なことは言わんじゃろうな?」

そんな祖父の背中をぼんやり見つめていた総司に、わたしはこっそり声をかける。

「生きている間は最期まで義理を通したのじゃ。死んだ後に誰かを愛する権利くらいは、誰にでもあって然るべきだと妾は思うが」

「……ふん。言われるまでもない。わかっているさ」

総司は呟き声で答えると、一人だけさっさと踵を返し、屋敷の方へと向けて歩き出した。家族を置き去りにしてどこへ行くのだろうと思っていると、

「真面目な人なんだよあれでも。朝の身支度をしに行ったんだろうね」

意外なことに、朔也が擁護するような発言をした。

「実はあの人、幹部の中では誰よりも早く出勤しているんだ。今日もそのつもりなんだと思う」

「意外ですね。お兄様は敷島小允のことがお嫌いだったのでは？」

「もちろん嫌いだよ。気位が高くてすぐ人を見下してきて、杓子《しゃくし》定規《じょうぎ》で前例踏襲主義でさ。手荒い新兵歓迎の行事も『伝統だから』と何の疑問も持たずにやってしまうような人なんだ。好きになれるはずがない」

「ああなるほど。わたしも似たような経験があるのでわかります」

　警察学校に入校した当日のことだ。高卒採用された若い先輩たちに囲まれ、大声で国家を歌わされたり、バリカンで髪を刈られそうになったりした。あの日の記憶は今も胸の深いところに刻み込まれている。

「でも今はそういう無粋な話はいいかな。縁談の話し合いが長引く可能性を考えて、今日は休暇申請を出しておいたから安心してくれ」

「ええっ⁉　マジですか！　さすがお兄様有能すぎる。もう大好き！」

　本音を言えば憂鬱だったのだ。この眠気と闘いながら職場に赴かなければならないのかと考えていたが、休暇なのであれば話は変わってくる。

　だったらもう少しだけここで、この美しい光景を眺めたっていいだろう。

余計なことはもう考えたくない。数奇な運命を経てようやく巡り合えた恋人たちの、その幸せを願う気持ちがあればそれでいい。

しばらくして爽やかな風が吹いてくると、負けじと太陽が白熱し始め、頭上に残されていた星々のまどろみを綺麗に掻き消していった。

なかなかこの世界の夜明けも悪くない。わたしは心の底からそう感じていた。

エピローグ

休暇明けの朝は体が重く感じる。しっかり休んだはずなのに、仕事に追われているときより倦怠感《けんたい》があるのは何故だろう。幾多の捜査活動を経験してきた朔也にとっても、この現象だけは解き尽くせぬ永遠の謎のようだ。

隣を歩く透も先ほどから欠伸を繰り返している。だがそろそろ気を引き締めてもらわなければならない。

「陰陽頭の前ではしゃんとしているように。怒られるのは僕なんだから」

「わかってますって。当意即妙《とういそくみょう》がわたしの信条ですので、その辺は任せてください」

「頼もしいようで恐ろしいよ。少し目を離した隙にとんでもないことを仕出かしそうで……。今回の報告は僕がするから、後ろに立っているだけでいいからね」

「はーい、了解でっす」

合意を得たところで歩みを進めていき、執務室の扉を三度ノックする。

「入ってくれ」と返答があったのでドアノブを捻り、室内に足を踏み入れたところで「えっ」と驚いた。そこに意外な人物が待ち受けていたからだ。

「よう兄ちゃんたち。こりゃまた珍しいところで会ったな」

「川端一家の……？　どうしてここに」

執務机の正面に置かれた長椅子に、一人の青年が鷹揚な態度で腰をかけている。

彼の名は川端雅次郎。〝河童変死事件〟の際に出会った、水神の末裔たる異能者の火消である。

「二人ともこないだぶりじゃねぇか。元気にしてたかい？」

「ええ、それはもう。ところで雅次郎さんは陰陽頭と何の話を？」

「なに、大したことじゃねぇさ。ただの面接ってやつよ」

「は？　面接ですか？」

「それについては私から話そう」と御門晴臣が説明を買って出た。「警保寮では消防組の増員が急務とされていてな。川端一家から何人か派遣してもらうことになったのだが、異能者を雇う際にはその資質を確かめる決まりがあって――」

法の定めるところによると、採用面接一つ行うにも陰陽師が同席する必要があるらしい。異能者の力を正しく測れるのは、同じ異能者もしくは陰陽師だけだからだ。

「そういう経緯で彼の面接をしていたところだ。まあいろいろあったからな、陰陽寮の内部でも」

彼は言葉を濁したが、いろいろとは〝狐火事件〟のことに違いない。あの一件を経て、情報漏洩に手を染めていた陰陽師が処罰され、陰陽寮全体に注意喚起が行われたのは記憶に新しい。

再発を防ぐ根本的な方法は、消火活動を丸ごと国家主導にしてしまうことだ。川端一家の取り込みもそういう理念から検討された一手に違いない。であれば晴臣が面接を承諾せねばならなかった理由もわかる。

「そうでしたか。お忙しいようであれば、報告の方はまた機会を改めますが」

「わざわざ来てくれたのに悪いな。報告書だけ先に提出してくれ。目を通しておく」

「承知いたしました。ではこちらを」

「ああ、確かに受け取ったよ」

先日朔也たちが巻き込まれた〝敷島家襲撃事件〟は、当の敷島家の意向により記録を残さない方向で話がまとまったようだ。だから警保寮への通報などは一切行われていない。

ただ、高位の識神が関わる事案でもあったので、陰陽師にとっては興味を惹かれる要素がてんこ盛りだった。そのため幹部のみが閲覧可能な機密情報として、報告書を作成することを求められたのである。

「では自分たちは、これにて失礼──」

「ああ、ちょっと待ってくれ」

提出を終えて踵を返そうとした朔也を、何故か晴臣が呼び止めた。手元でぱらぱらと書類をめくると、中にざっと目を通していく。

「陰陽頭、部外者がいるところで事件の内容は話せませんが」

「そのくらいのこと、現場経験の少ない私にもわかっているさ。事件の話をする気はないが、他にも一つ用件があってね。そちらは彼にも無関係ではないんだ」

「ああそれって、例の噂についてですかい？」

手を叩きながら雅次郎が口を開く。彼には何か思い当たることがあるようだ。

「識神の呪いのせいで、何件か人死《ひとじ》にが出てるとかっていう――」

「何ですかそれは」

まるで寝耳に水の話だった。朔也は気になって詳細を訊ねる。

「その識神とは、詠美の体に宿っている識神のことですか？　人死にが出ているとはどういう」

「落ち着きたまえ」晴臣は表情を引き締めつつ告げた。「根も葉もない噂に過ぎない。もちろん私は君たちを疑ってなどいないが、ただ死人が出ているのは事実だ。一人は渕﨑村の杉永村長だよ」

「えっ。村長さんが？」

驚きの声を漏らしたのは透だった。彼女は口に手を当てた状態で目を丸くしている。

「亡くなられたのはいつですか」

「もう一週間前のことになる。といっても、我々がその事実を知ったのはつい先日だがね。警保寮ではもっと早く把握していたようだが」

「死因は何なのです」

「わからない。ある朝突然、床《とこ》の上で冷たくなっていたそうだ。司法解剖も行われたが死に至るような異常はなく、急性心不全《しんふぜん》ではないかという結論になったらしい」

急性心不全という病名は、死因が判別できないときにとりあえず記録欄に書き込まれるものだ。つまり原因不明といった方が正しい。

「それだけじゃねぇぞ」

とそこで雅次郎が口を挟んだ。

「町火消も一人死んでんだ。ちょっと前に起きた割烹料理屋の火事で、纏を振ってたやつなんだが……おいらが現場に行く前にあんたらと揉めてたらしいな」

「町火消も……。だとすると……」

朔也の表情も次第に曇っていく。揉めた火消となると、詠美の腹を蹴ったあの男のことだろうか。彼が死んだとすれば……。

「死に方は村長と同じだよ。同僚が朝方起こしにいったら、眠るように死んでいたんだってよ。まあ火消ってのは激務だから、過労死の可能性もあるらしいが」

「言っておきますが、自分たちは何もしていませんよ」

当然ながら朔也は犯人ではない。杉永村長に恨みなどないし、あの町火消には思うところはあれど、殺したいほど憎んでいたわけでもない。

透の仕業でもないはずだ。彼女の知識と推理力には常人離れしたものを感じるが、身体能力的には普通の少女にすぎない。特別な異能があるわけでもない以上、心不全に見せかけて殺害することは不可能だ。

「わかっているさ。先ほども言ったが君たちを疑っているわけではない。その点については安心してくれ」

と言いつつ晴臣が柔和に頬を綻ばせる。だがその眼窩に隠された眼光は鋭さを宿したままだ。

「死人が出ているといってもまだ二人だけだ。偶然重なったということも十分にありうる。だがこれ以上続くようなら困ったことになるかもしれない。ただそれだけの話だよ」

「…………」

となると三つ目の事件――敷島家の敷地内で起きたあの事件に焦点が置かれるのも

自然な流れだ。使用人を含めればかなりの人数が関係者になる。その一人が近日中に亡くなった場合、朔也たちの立場は非常に悪くなるだろう。

「噂とは恐ろしいものだ。そして我々もまだ、かの識神の能力を完全に把握できているわけではない。だから君たちもこれまで以上に職責を自覚し、周囲にあらぬ誤解を抱かせないよう注意を払って欲しい。私からの話はそれだけだ」

「……肝に銘じておきます。それでは」

朔也が会釈して踵を返すと、一拍遅れて透も同じようにし、二人揃って執務室から退出した。

それから廊下を少し進み、しっかり距離をとったところで、二人同時に溜息を解き放ったのだった。

◇

わたしたちが捜査を進めていた裏で、思いがけぬ事態が起きていたらしい。それを知ったせいで鬱々とした気分にはなったが、それでもやるべきことは変わらない。

内務省の資料室に籠り、棚に並べられた事件記録を順番に読み解いていく。朔也は監視役兼護衛役として付き合ってくれているが、昨夜も遅くまで報告書を書いていたらしく、酷く眠たげだった。

「寝ててもいいですよ。お疲れみたいですから」

「妹がちゃんと仕事してるのに、兄の立場で居眠りなんてできない。わからないところがあったら聞いてくれ」

思えば、彼ともかなり距離が縮まった気がする。だから何気ない世間話も苦もなくこなせるようになった。わたしにしては凄い進歩だ。

会話していると時が過ぎ去るのもあっという間だった。そのまま何事もなく就業時間の終わりが近づいてきて、資料室の管理員に挨拶してから陰陽寮に戻る。

ああ、今日も一日が終わっていく。心地よい疲労感とともに自室へと続く廊下を進んでいると、その先に長髪の青年が待ち構えていた。

「――少し待ったが、まあいいだろう」

壁に背をつけ、腕を組んだ姿勢で声をかけてきたのは敷島総司だ。口振りからするとわたしに用があるみたいだが、一体何だろう。

「一応伝えておくが、おまえとの縁談は進めさせてもらうことになった。今度改めて当主に引き合わせる予定を組むから、そのつもりでいてくれ」

「それをわざわざ伝えにきてくださったんですね。これで肩の荷が下りまし――

えええええっ⁉」

弛緩《しかん》しかけたわたしの胸筋が、一瞬にして再び張り詰めたのがわかる。

とっくに白紙に戻ったと思っていたのにそうではないらしい。到底看過できない話だ。

「待ってくださいよ！　縁談は破棄ですよね？　そういう約束でしたよね！」

「よく思い出してみろ」と彼は真顔で口を開く。「そんな約束はしていない。当主に面通しさせると言っただけだ」

「いやその結果として、労せず破談になるという話だったのでは？」

「だがむしろ乗り気になってしまったのだ。これはおまえのせいでもあるんだぞ？本当に破談にしたかったのならば、当主の前では徹底して愚鈍さを装うべきだった」

言われてみれば心当たりはある。むしろ遺憾なく実力を発揮してしまった気がする。だとしても……。

「でもあれはわたしじゃなくて、識神様が凄かっただけで」

「そうか？　識神の召喚前から既に、会話の流れを支配していたように感じたが」

「か、勘違いですよ。それにこういうのってやっぱり、お互いの気持ちが何より大切じゃないですか？　そうですよね？」

「確かにそうだな。曾祖母の生涯を知って、俺にも考えるところがあった」

と言って総司は一度目を伏せたが、すぐに微笑を浮かべながら視線を上げて、

「だが問題はない。俺はおまえに惚《ほ》れていると思う。多分な」

「ですよね惚れ――――はあああぁっ⁉」

先ほどよりも大きな動作で背中を仰け反らせてしまうわたし。

「ちょ、待っ、でも外見は全然好みじゃないってこの間！」

「天狗様も仰っておられただろう。外見などに大した意味はない。それに好みではないが嫌いでもないと思う。むしろ磨けば光る逸材かもしれん」

そう言って歩み寄ってくるなり、「安心しろ、この俺が磨いてやる」などと耳元で囁いてきた。

思わず鳥肌が立ってしまう。何なのだこの男は。同姓同名の別人か？

「そんなの自分でやるから結構です！　……あ、ちょっと離れてくださいにじり寄って来ないで壁際に追い詰めないで⁉　いい加減お兄様も見てないで何とか言ってください
よ！」

「あ、ごめん。あまりにも意外な展開に、魂が消し飛んでた」

どうやら朔也も面食らっていたようだ。彼は慌てたように咳払いをして喉の調子を整えると、総司に向かってこう告げる。

「敷島小允。妹との婚姻を認めてもらいたければ、唯一の家族であるこの僕を納得させることです。そうでなければ許可は出せません」

「ふん。前にも言ったが、華族同士の婚姻は両当主の同意さえあれば――」

「だったらわたしは望月家から独立し、その上で犬上家に戻ります！　お兄様の養子になることで！」

手続き上は可能だと、既に調べはついている。最悪の場合に備えて用意しておいた切り札だ。まさかここで使うことになるとは思わなかった。

「だから当主であるお兄様の許可は必要ですので！」

「ほう、面白い」

すると何故か彼は愉快気な笑い声をあげて、

「そういう手を使ってくるのなら、実力でわからせてやるだけだな。犬上准尉、久しぶりに揉んでやろう」

「前にも言いましたが、いつまで上官気取りなんですか？　自分の方が前線経験は長いはずです。それを体に教えて差し上げましょう」

この二人は駄目かもしれない。反目しあっているように見えて似た者同士だ。妙なところで意気投合しているようにも見える。まったく頼りになりそうにない。

彼らが言い争いながら廊下の先へ消えるのを見届けた後、脱兎《だつと》のごとく駆け出してわたしは自室に向かった。今日はもう誰にも会いたくない。

そもそも考える余地すらない案件だ。悩むだけ無駄だろう。この身はあくまで借り物であり、いつか本来の持ち主に返すものなのだから。

わたしにとっては恋愛なんて、異世界よりも遠い世界の話だ。

「はぁぁ、疲れたぁ……」

自室に逃げ込んで鍵をかけた途端、疲労の波がどっと押し寄せてきた。

そのまま畳まれた布団の上にダイブすると、留守番していたらしい白狼が近寄ってきて、鼻先でつんと挨拶をしてくる。

「何かまた面倒事か？　ほどほどにしておけよ。詠美の体に障る」

「わたしが望んで引き寄せてるみたいに言わないでくれる？　いつも向こうから勝手に来るんだから」

「嘘をつけ。呼ばれてもいないのに首を突っ込んだこともあるだろうが」

「それはまあ、あったりなかったりするけど」

元女刑事の悲しい性《さが》というやつだ。どこかで焦げくさい臭いがすれば、首を突っ込まずにはいられない。

でもなんとか自制しなければ。今後はこれ以上目立たないようにしよう。でなければ平穏な異世界生活なんて望むべくもないわけで。

「これからは気を付けることにする。だから説教は勘弁して」

「本当に理解しているのか甚だ不安だが」

「もういいから黙ってよ」

逢魔の口を閉じさせるために鼻の頭を撫で、それからその豊かな毛並みの中に手を滑らせていく。

ああ落ち着く。やはりモフモフは素晴らしい。これさえあれば生きていける……。

「……ねえ逢魔。一応訊くんだけど、あなたは人殺しなんてしないよね？」

「唐突に何の話だ？」

と彼は小首を傾げ、それから少し思案して返答した。

「わかったぞ。先ほど聞いた識神の呪いとやらの件か。馬鹿げた話だ。我がやるならば死体すら残さん。一撃で消し飛ばしてくれるわ」

「そうだよね。まあそうだとは思ってた」

「契約者の願いが殺害ならば、我はそれを叶えるだろう。だが今のところそんなことは頼まれておらん」

「だとすると、やっぱただの偶然だよねぇ……。うんうん……」

彼の毛を撫で続けているうちに、何だか陶然《とうぜん》とした心地になってきた。そこへ眠気と疲労感が重なり、意識がだんだん溶けてゆく。

仕舞には独り言のようなトーンでこんな呟きまで漏らしてしまった。

「詠美の今後も心配だけど、何とかして向こうに帰らなくちゃ……。あちらの世界でわたしを殺したやつに、報いを受けさせるためにも――」


正体不明の狼に導かれ、世界を渡ったわたしの物語の行く末は、果たしてどんな色で彩られていくのだろう。

生を実感する夜明けの茜《あかね》色か。それとも鮮血の朱色か――

かつては〝鑑識の神様〟と呼ばれていたわたしの祖父。その知識と理念を受け継いだ孫娘がまさか、〝識神様〟として召喚されることになるなんて……。何だか奇妙な符合を感じる。もしくはこれぞ運命というべきか。

この運命が行き着く先に何が待ち受けているのか。それを知る者は誰もいないが、知りうる可能性がある存在には心当たりがある。

金色に輝く二つの瞳の中にあるのは、年端もいかぬ少女となったわたしの姿ではない。元の世界にいた頃のわたしの姿だった。

だから思う。過去も未来も関係ない。彼にだけは視《み》えているのだろうと。

そう。識神様にはとっくに全てお見通しなのだ。

《2巻に続く》

＜初出＞

本書は書き下ろしです。

この物語はフィクションです。実在の人物・団体等とは一切関係ありません。

メディアワークス文庫

識神《しきがみ》さまには視《み》えている1

河童《かっぱ》の三郎怪死事件《さぶろうかいしじけん》

仁科裕貴《にしなゆうき》

2024年11月25日　初版発行

発行者　山下直久
発行　株式会社KADOKAWA
〒102－8177　東京都千代田区富士見2－13－3
0570-002-301（ナビダイヤル）
装丁者　渡辺宏一（有限会社ニイナナニイゴオ）
印刷　株式会社暁印刷
製本　株式会社暁印刷

●お問い合わせ
https://www.kadokawa.co.jp/（「お問い合わせ」へお進みください）
※内容によっては、お答えできない場合があります。
※サポートは日本国内のみとさせていただきます。
※Japanese text only

※定価はカバーに表示してあります。

Printed in Japan
ISBN978-4-04-915620-1 C0193

メディアワークス文庫　https://mwbunko.com/

本書に対するご意見、ご感想をお寄せください。

あて先
〒102-8177　東京都千代田区富士見2-13-3
メディアワークス文庫編集部
「仁科裕貴先生」係

座敷童子の代理人

仁科裕貴

妖怪の集まるところに笑顔あり！
笑って泣けるほっこりあやかし譚。

作家として人生崖っぷちな妖怪小説家・緒方司貴（おがたしき）が訪れたのは、妖怪と縁深い遠野の旅館「迷家荘（まよいがそう）」。座敷童子がいると噂の旅館に起死回生のネタ探しに来たはずが、なぜか「座敷童子の代理人」として旅館に集まる妖怪たちのお悩み解決をすることに!?

そこで偶然出会ったおしゃまな妖怪少年の力で妖怪が見えるようになった司貴は、陽気な河童や捻くれ妖狐が持ち込むおかしな事件を経て、妖怪たちと心を通わせていく。

だが、そんな司貴を導く不思議な少年にも、何やら隠しごとがあるようで……。

くすっと笑えてちょっぴり泣ける、ほっこりあやかし譚。

メディアワークス文庫

初恋ロスタイム -First Time-

仁科裕貴

話題の映画原作小説を大幅加筆修正し、装いを新たに登場！

普通の高校生活を送る僕・相葉孝司に突然起こった「自分以外の時が1時間だけ止まる」という不思議な現象。それは毎日、午後1時35分に起こるようになった。

好奇心を抑えられず、学校の外に繰り出した僕は、そこで僕以外にも動ける女の子・篠宮時音と出会う。彼女と共に時が止まった世界を楽しむうちに僕は、彼女に恋をした。

でも、彼女は大きな秘密を抱えているようで——。

メディアワークス文庫

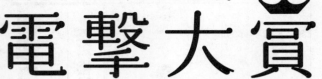